十二 著

贪心的女人更好命

江苏凤凰文艺出版社
JIANGSU PHOENIX LITERATURE AND ART PUBLISHING, LTD

目录

第一章
一个女人，要怎样才算见过世面

第二章
有一种人，嫁给谁都会幸福

第三章

做一个昂贵的女人，让他用心追捧你

第四章

直觉，让我们成为与众不同的人

第一章

一个女人，要怎样才算见过世面

不要相信免费的东西，
不要习惯廉价的东西

有个姑娘问我，十二，该怎么理财呢？我说，你有财需要理吗？她说，好像没有。那么，该怎么花钱呢？如果是这个问题，我想，以身作答。

松浦弥太郎关于花钱，有两段话，我深以为是。

一、不买就什么也学不到。想知道的事要花大钱。真正想知道的事，只能花钱。

常有人问我，十二，你哪里来的这么多人生经验和阅历，是不是你谈过很多恋爱？我并不是恋爱大师。在我十几岁的时候，自认为天资普通，只能靠勤奋的那种姑娘。但唯一不变的是，永远对世界保持着一股求知欲和好奇心。

因为求知欲太旺盛，所以总是忍不住买买买。买过才知道，什么东西，是真的合适你的。才知道这件衣服的面料材质，穿在身上的体验到底是什么，它是不是常穿的，它到底能不能凸显你的优点。这种经验，是不能单看时尚红人就能知道。

但其实，对我来说，最值得花钱的事，是交朋友。欣赏谁，我会很诚挚地请她吃饭。一次约不到，再约。每次见我喜欢欣赏的朋友，比见男朋友还要精心准备，挑选合适的衣服，准备好小礼物（不贵重但是用心去挑选）。

这是我认为的，对她们的尊重，也是对自己的尊重。

小小的细节，其实无形中会改变自己，让你越来越敢于和优秀的人交谈，向她们取经，同时也养成了在意仪表的好习惯。

人的一生，最大的财富，是家人和朋友。这是我以为的人生中最重要的储蓄。在我人生中的许多艰难时刻、困惑时刻、脆弱时刻，因为他们的关心和智慧，让我能够安然度过。

二、不要相信免费的东西，不要习惯廉价的东西。

你关注什么，你就会慢慢成为这样的人。一个人如果习惯了占便宜，就会用很多心思和精力去留意这些信息。打折的信息、免费赠送的信息、各种免单凑单的信息。就会慢慢开始计较，计较谁占了你的便宜，谁又欠了你什么，久而久之，你就难以豁达面对很多人和事。

当你被省钱的思维占据，你就自然不会去买昂贵的东西。有一次我和一个朋友出去旅行，我们逛遍了一条街，每当我很开心要买什么的时候，她就会说：哎呀，这个东西淘宝上便宜多了，回去淘宝上买。

可事实上，很多东西错过了，就再也遇不到了。最重要的是，那一刻的开心，再也没有了。从此，你心里还会觉得，买什么都是买贵了。

比起省钱，我想更值得花时间关注的是，如何提升自己，了解不同的行业，学习不同的生活技能。当我把关注点放在这些地方，即使偶尔的上当吃亏，也不那么令人难过了。（谁没被坑过、被骗过呢？）

我从来不是一个精打细算过日子的人，虽然我也有一个非常懂得精打细算节俭的妈妈。按照现有的育儿观念，我不是那种被富养长大的孩子。

一度在花钱上，我总是心里有一种愧疚感，觉得不够节俭、不够精打细算。但有一天，一位朋友跟我说，她把家中所有的物品清理了一遍，她发现，她买过许多许多相似的物品，一次又一次，买下那些看起来差不多的东西。

为什么？因为这些都是小时候的她很渴望，可是父母从不肯买给她的。

她说，她原谅了自己。她对我说："十二，你也应该原谅自己，原谅某些时候的浪费，原谅某些时候的犯傻，原谅某些时候的奢侈。"

我心底里在那一刻，有流泪的冲动。

在一个孩子终于长大，有能力去满足自己之后，她很难阻挡对某些东西的偏爱，因为她太想尝到那种滋味。虽然，这些其实根本不合适她。但这，都是一个必经之路。只有走过那条路，才验证出，什么样的你，是更好的。

所以，我想，对我来说，能和你们分享的就是，年轻的时候，都很穷。最穷的时候，揣着十块钱上公交车，付完两块，还有八块钱。可是，如果从小，你受到的，并不是富养的教育，那么，当你有能力之后，在内心和精神上，一个人必须要富养自己。

不买就什么也学不到。想知道的事要花大钱。真正想知道的事，只能花钱。不要相信免费的东西，不要习惯廉价的东西。这就是一个人对于自己的富养。

知道什么时候不应该吝啬，知道什么时候应该豁出去花钱，知道什么才是最值得你投资的，知道原谅那些父母眼里的浪费奢侈，以及永远不活在廉价的思维里。

亲爱的，
你看起来更贵了

前几天一个朋友在手机里找到四年前我们仨的合照，三个人都笑惨了。一个人说：“我那个时候怎么脑门那么大，这是什么发型。”另一个人说：“我以前竟然不画眉毛就能出门，到底是怎样的勇气。”而我更是惊呆了，我居然那个时候真的没有下巴。

只是三四年光景而已。

幸运的是：不只我一个人过得越来越好，朋友们都过得越来越好了。

我的朋友只要和我逛街，回去后先生扫一眼就知道：“这肯定是和十二一起去买的。和别人去，你下不了那个狠手。”可实际上，他们其实根本不认识那些牌子，他们只是觉得看起来很贵。

三年后的某天，闺蜜的先生，在她早上装扮整齐后，突然对她说了一句：“你现在看起来，真的比以前贵多了。”

她当时就给我发了微信，表达了她的感激涕零。

因为，“你看起来很贵”就是我的口头禅啊。每当她们在一件几百和一件一千多的衣服中纠结，跟我说“两件似乎款式差不多啊”，我会说“那件看起来更贵”，她们就懂了。

到底什么是看起来很贵?

是一个词——质感。

很多人买衣服，只看颜色款式，从不在意面料版型。殊不知，真正决定一件衣服是否耐穿耐看的，根本不是款式，而是版型和面料。一流的面料，只供应一流的品牌。经典的版型，绝不是代工小工厂可以做出来的。

看上去似乎差不多，上身效果十万八千里。好的版型禁得起身材的考验，能够凸显身材的优势，掩盖身材的缺点。好的面料，经得起岁月的考验，三五年后依然不会起球变型。

这世上的确有性价比这件事，但好的东西，绝不会廉价，只可能平价，这个平价也是和相同档次的产品而言。所以，用惯好东西的人，大概扫一眼着装，就知道，你是什么质感的人。

所以，**一个人想要看起来很贵，绝不是跟风潮流，看明星穿什么你就穿什么。而是长年累月对质感的要求，渐渐知道，一样的物品到底好在哪里，为什么贵。**

贵的背后到底是什么？

是时间，是审美，是智慧。

我从来不是奢侈品的盲目追随者。我喜欢一个品牌，会去了解品牌背后的故事，品牌的设计理念，品牌的卓越工艺，这样我才知道，谁才是更适合我的选择；当我拥有了它，我也才能知道，怎样搭配它是最恰当的；我也才能琢磨得出，哪一个细节充满设计美感。

为什么有的发型师一个小时值四五百甚至数千元，不排除里面有一些是炒作是不合理的定价，但我在那个价格背后看到的是他们为审美付出的时间和金钱——到底怎么剪，才能自然蓬松不造作，还能让头发散发出自然的光泽感，这是他们花费大价钱从上海香港纽约去学到的，这是他们十几年如一日的精进。

为什么你拿着明星的照片去，往往剪出来的效果是街头大妈？因为，普通发型师，不具备那样的审美能力，更不掌握最新的技巧。剪刀之下的审美，也是相隔十万八千里。

所以，**如果花钱，能买到更新的审美、更高的智慧，我觉得没有比这更划算的事情**。而且，每次他们还能教给我新的吹头发技巧，跟我分享最新的美发资讯，真的太赞了。

我的老闺蜜总拿我的一个梗来举例，说我在意大利的街头，本来只想去买一件大衣，结果最后还买了一顶帽子、一条丝巾。帽子和丝巾并没有折扣，但是我为那位店员的审美和服务买单。她赠予了我一次全新的体验，让我知道，任何一个搭配，都是从头至脚的精心，而不是一件名牌大衣就能做到的。后来那顶帽子，让我一整个冬天都很温暖有型，我对它的喜爱甚至超过了大衣。

常常有人跟我这么说——我不合适穿裙子，我不合适穿裤子，我不会穿高跟鞋……

不，你不是不合适，而是你不知道什么样的裙子裤子高跟鞋合适你，你既没有这个专业审美，也没有为专业审美买单的智慧。

所以，你的人生里，全都是障碍，越不过去。所以，当你遇到那些过得很好的人，你一眼望见她们，你会自卑，你会羞怯，你会想躲起来，因为你身上没有一件物品令你感觉自信。

我也不会穿高跟鞋，但我在菲拉格慕的品牌店里遇到一位非常专业的店员，她告诉我，她们的鞋子不仅分码数，还分胖瘦，她看了一眼我的脚，递给我一双胖版的36码，我觉得舒服至极，一点不磨脚。后来，她推荐的三双鞋子，我全部买了回来。

在《欲望都市》里，赶回去参加母亲葬礼的米兰达，急急忙忙在一家女装店里挑内衣和衣服，那位胖胖的店员对她说："不，你的内衣不是那个尺码，相信我，另一个尺码你会更舒服。"她的自尊心瞬间被打击，她非常不友好地对店员说："我知道自己穿什么码！"

然而，事实证明，店员推荐的尺码更合身更舒适。她对着陌生店员潸然泪下吐露心声：“从此以后，我都没有妈妈了。”

那一刻，那位胖胖的店员像一位母亲那样张开怀抱，她们相拥在一起。我想那一刻，她得到的温暖，会一直在心中延续。

这是《欲望都市》给我人生带来的至深改变：人这一生，如果真要拆解，无非是在处理人与人、人与物之间的关系。

这也是为什么价值观不同的人，很难在一起生活的原因。在你眼里，你能看到那件物品给人生带来的不同体验。而在他眼里，这是浪费钱。

按照传统价值观，爱买好东西的人是在浪费，但在我看来，那些守着钱的人，才是真正浪费，因为他们浪费的是生命啊！

我所谓的贵，就是这样的一种由内而外散发出的质感，它是经过了时间积淀的、经得起审美变换的、经得住挑剔眼光的。它不一定是价格最贵的，但它的价格也从来不是用成本来简单计算的。

当朋友的先生说出那一句“你看起来比原来贵了”，我相信，并不是因为她穿得比以前贵了，也并不是她比以前更会打扮了，而是经由这些好的东西，她的审美改变了，她的生活方式改变了，她变得不一样了。

她不再那么斤斤计较了，她的眉眼舒展了，她的皮肤更有光泽了，她开始穿出自己的风格，她更自信了，她不再那么守旧，她的见识开阔了。

现在，她的一切都比曾经更有质感了。

这是比任何整容都更高级的整容，它需要花费更多时间，但它是恒定的，甚至是不断向上走的。

这就是好的生活方式，好的生活价值观，真正给一个人带来的改变。

你有资格
拥有最好的

我买东西向来下手快狠准。在深圳的时候，一众姑娘排队约我逛街，尽管她们知道我有三个铁律：第一，我说试哪件，就乖乖地去试；第二，好看就是好看，不要跟我说什么领口太高，颜色没穿过，款式没有场合穿；第三，在能力范围内，买最好的那件，即使你觉得有点贵。

听起来，有些不近人情。但事实证明，在这三个铁律上，她们惊人地在穿衣镜里看到了完全没见过的自己。那件似乎没有场合穿的小礼服裙，后来发现，可以穿去闺蜜婚礼，也可以穿着见重要的客户，秋天搭外套搭大衣都是极好的。

姑娘们问我，为什么要定下这三条规矩。我告诉她们：因为我想让你们看到，**你们其实还有很多选择，比你们以为的要更多。**

女人的思维困境，完全可以在买衣服这件事上折射。“这种我没穿过”“这个颜色不适合我”“这件平时没有什么场合穿”“这个我不可能穿得进去”“这个太贵，同样的价格可以买好几件便宜的了”……她们把人生的诸多选择，经由这些理由后一一剔除掉，最后只剩下最保守、最稳妥、最不会出错，当然也是最不出彩、最无趣、最不浪漫的一种选择。

在意大利旅行的时候，朋友忙着在LV店里给各路朋友代购包包。我坐在那里发呆等她的时候，对一条围巾一见钟情。它并不是惯常的满是LOGO的那种款，围巾上是一朵朵绽放的玫瑰，铺满整条，只有在底下的角落里有一个小小的LOGO。我把它带上身，照了下镜子，朋友好心劝告说："也不见得特别美，还比其他款贵将近一倍，而且围出去谁知道这是LV。"我又望了一眼，对店员说："就是它了。"

回来后，夏天，我把它当披肩配白色棕色立领长裙；秋天，它绽放在卡其风衣里；冬天，它静立在黑色长大衣的领口。朋友惊呼："原来这条围巾这么超值。"我对她笑笑："因为你没看到它身上的可能性。"

今天，你不应该因为没衣服穿而去逛街，你应该是去探究一下，几个月不见，我又变了吧，那些曾经不合适、不能驾驭的衣服，我是不是可以去尝试一下了？几年不见，那些我以为买不起的品牌，那些我穿不出层次的颜色，是不是合适我了呢？

我并不是时尚专家，为什么能看到她们身上那不同的可能性？只是因为我穿错过那么多，终于知道，哪些是对的；因为我远比她们看自己，看得更清晰；因为我知道，每个人内心都是那么的丰富，**衣服不是仅仅用来匹配身材脸**

型气质的，更重要的是呈现内心的层次。

沉入生活的海洋里，而不被它淹没，唯一的办法是，让自己的心变得宽广而轻盈，不自我设限，不自我阻碍，对人和事都多一分耐心，去探究那多一种的可能性。

生活并不欲淹没谁，能让你被淹没在人群里的，只有你自己。

当我们脑子里装得越来越多的时候，更重要的事是选择，是经历，是尝试，是去看到底哪些是可能的。生活可以是单选，也可以是多选。

最好的风格，都是错过之后，终于选对的那一个。那种对，是其他人模仿不来的，抄袭不来的。只有他自己知道，那一点生动是怎么营造出来的。

更重要的事是，去习惯拥有，在你能力范围内最好的。那么，你就真的不会再有将就的人生。你能习惯将就不够好的物品，你就能习惯将就不够好的自己，你就自然很可能习惯将就不够好的婚姻和生活。

好命的女人，
是贪心的

树舞是我十年的读者。家境不好，也不是颜值派。2008年，失恋后的她开启了自己的暴走旅行计划。我们在深圳有过一次见面，她跟我说，她的人生迄今为止没有用过面膜，没有买过化妆品，连唇彩都没有一支。

作为一个留守儿童，她长大后，脑子里只有一个念头，就是赚钱养家。拼命努力赚钱，什么辛苦的工作都愿意，给妈妈，给弟弟，扶持男友。她没有想过，那个说好相濡以沫的男友，竟然会背弃她。

比起分手的打击，更大的打击，来自于她开始怀疑，她信仰的真善美错了吗？她说，是从那个时候，才开始用心看我的文字。因为，她说，她在我的文字里能找到相信。

七年里，我们再也没有见过第二面。我看着她结婚生子，看着她的照片越来越回归女人，也看着她活得越来越有底气。她说："十二，再见你，一定是我人生中的最好状态。"

小蜜是我八年的闺蜜，也是相识于我的博客时代。她是我们朋友圈中最早结婚生子，也是被婚姻狠狠教训过的人。一个从小被父母奉为掌上明珠的姑娘，和大学初恋终成眷属，本以为这就是完美结局，却直接被丢到男尊女卑的广东家庭里，从此开启了一场血与泪交织的十年婚姻。

我看到很多姑娘在她的文后留言说：是谁把一个女人逼得面面俱到，是谁让一个女人一次次失望，难道不是因为这个男人不够爱、不够负责吗？

抱怨当然很容易。换做许多人，大概早就撂挑子不干了，可她为什么能走到今天？是因为她心中没有忘记那最初的爱和梦想。

她在十年之后，看清了，这条路上，他们都迷路了，她迷失在了贤良里，而他迷失在了奋斗里。她决定，带着他一起回来。在她心底里，公婆、子女、先生，在更多时候，都是她的孩子。

仓央贝玛是我的古琴老师，也是一见如故的闺蜜。我们第一次见，是在杭州的早春，我驱车一个小时到了她的工作室。原本她已定好了去接孩子，但两人聊到兴起，竟然一直从午后聊到傍晚，最后意犹未尽，她又开了一个多小时的车在拥堵的晚高峰送我回家。

美丽如她，曾经是舞蹈老师。结婚后很快有了子女，先生的事业也越来越好，她也过上了众人羡慕的喝茶逛街带娃的富太太生活。可是很快，她就发现，她开始惶恐。人生除了等一个人的电话，竟然没有别的期待了。

她说，我们今日看到的她，已经是她花了多年把自己拔出来的。

女人想把命运的错归咎到男人身上，太简单。可是，然后呢？离婚就能解决所有的问题了吗？换一个人，就真的能换一种活法了吗？

作为已走过青春期的女人，经历过爱恨离愁的女人，看到满朋友圈的如何靠撒娇发嗲追到男神，如何努力赚钱睡到鲜肉，如何通过微整形和买买买重塑人生，只想说：这些都不过是短暂的改变假象而已。

包治百病吗？当然不能。什么能治百病？只有增长智慧。

什么样的女人最好命？

撒娇的吗？男人也不是傻子。同样的伎俩，来三遍，还有什么不明白的。撒娇的女人受欢迎，不过是因为好打发。可如果除开撒娇之外，就是一个花瓶，最终得到的也不过就是花瓶的待遇。

真正好命的女人，是贪心的。

而我们这样的女人最是贪心。精神我也要，自我也要，美丽也要，财富也要，善终我也要。我最最贪心的是，我希望我的先生，比结婚前更欣赏我。我希望我比20岁更美，更有安全感。我希望事业、家庭、朋友都能兼顾好。

我都要！我就是要做传说中的那个人生赢家。不靠整容，更不靠阴谋。

靠什么去支撑这份贪心？不过是一句古话：知行合一。我，想要做一个不畏不念的女人。让我的男人，在最伤心失意的时候，看到我就觉得生活充满了希望。让我的孩子，自小就看到一个女性，如何用爱的能量充盈给一个家。让我的父母，在白发苍苍的时候，不惧怕老后无依。

女人的人生需要三个生命支柱：自爱、自立、自信。

然后去逐一找到人生的三个境界：被尊重、被欣赏、被爱。

什么是女人最好的人生状态?

就是你真的会清楚：五年后的我，会是什么样子。就是你真的会期待：十年后的我，会是什么样子。能知道去到哪里的女人，才是有能量和时光抗衡的。

我也曾以为，像我这样耿直、不懂得走捷径、怀抱真诚的人，是条件奇差、情商很低的人。走到今天，我的朋友们说，正因为这样，所以你才最难被利益诱惑，你才不懂得模仿，你才不意图依赖任何人。

我才终于懂得，亦舒为何在《我的前半生》的结尾写——

唐晶说：“一般女人觉得我们运气奇佳。”

子君答：“我却觉得她们条件奇差。”

别低头，王冠会掉。别哭泣，坏人会笑。有些过往，都会成为某一天我和我的闺蜜们举杯笑谈的过去。

让我们一起期待五年后的我们、十年后的我们。我们说好了，到那个时候，我们一起游轮环球旅行。我们一起做那个有故事、逆生长的资深美人。

有个年轻人会走过来说：我认识你，永远记得你。那时候，你还很年轻，人人都说你美。现在，我是特为来告诉你，对我来说，我觉得现在你比年轻的时候更美，那时你是年轻女人，与你那时的面貌相比，我更爱你现在历经岁月的面容。

什么时候，
都别忘了对自己好

有一年，深圳的冬天特别冷。之前一直和朋友一起合住的我，开始真正地一个人住。

收拾完行李，跑到超市买了一些日常用品，为了省一点出租车钱，提着那一大袋走回来，手指被塑料袋勒得很痛，把袋子放下的那一刻，特别悲伤。那些和朋友告别时的故作轻松，压制后的伤感在那一刻完全爆发。

人的情绪很奇怪，最低落的时候，往往不一定最伤心。反而是某一天大雨倾盆，公交车却怎么都不来。又或者是做了噩梦醒来，房屋黑暗，双脚冰凉。人在低落的时候，会想起所有的伤心事。

给闺蜜打电话，她说："或许，你需要一床电热毯。"电热毯已经没有力气去买。起身，煮一碗方便面，再放一颗鸡蛋，几片青菜。吃完了，再放半桶的热水，好好地泡了一个脚，然后，突然就没有那么忧伤了。身体暖的时候，心也开始变得暖一点。

原来的我，是一个人心底里渴望依赖，却从不肯说出口的人。每一次分离，每一次散场，我其实都需要很长时间来适应。我热衷照顾好他人，甚过照顾好自己。两个人的时候，我是斗士我是姐姐，我是无所不能的太阳。可如果身边没有人，我其实会忘记准点吃饭，我也会懒得照顾好自己，我低沉，我失落，我再也不用假装坚强。

我曾以为，一个人住，没有什么了不起。每个人也都相信，我一定是能够照顾好自己的人。可其实，我不是。

是一个人住的日子，教会了我如何真正去爱自己。下班的时候，在街角买一束花，只为讨好自己。买一个好电饭煲，可以煲饭煲汤煲银耳煲猪蹄，一键启动，不用怕糊锅。买一套舒适美丽的新的床品，买一个灯光温柔的阅读灯，买几本安静的睡前读物，再也不怕一个人入睡。

这些事都很简单，举手之劳。之所以难，是因为你被孤独击倒了，无还手之力。

所以，自爱是什么呢？是讨好自己？是纵容自己？是改变自己？我想，那些都是自爱的手段，而非自爱本身。

为什么只能在有人爱的时候美丽，没人在的时候就潦草？为什么总是因为得不到而苦恼？为什么总是觉得他人看起来比你更好？为什么你在出租的房子里就感受不到爱？为什么你的情绪那么容易失控？为什么这么大的城市，它竟然不属于你？为什么总是输给懒惰，让自己越来越不美丽……

这些问题都曾经困扰过我。可是，当我一点一滴去拆穿他们之后，我才发现，在这些不同的问题背后，藏着同一个问题：你真的不够爱自己。其实，你还远远不够爱自己。

真正的自爱是无需等待、无需忧伤、无需他人、无需提示，就知道对自己何时该讨好，何时该纵容，何时该节制，何时该改变。

自爱是一种心智模式，就像杀毒程序一样，只要你安装上，它就会自动运行，永远在后台保护你。而你，只要记得不时给它升级，让它能够抵御住那些新型的病毒。

当自爱在你脑子里，还不过是一个概念，而并非你的心智模式。你就会发现，在自爱这条路上，有无数的路障，会让你忘记爱自己，甚至自己伤害自己。想起来的时候，你就爱自己一下，想不起来，就干脆置之脑后了。

自爱的人，会知道在失落的时候讨好自己，会知道在需要努力的时候节制自己，会知道什么时候需要抛开束缚纵容自己。

对于大多数人而言，大部分的时间和精力，因为不懂自爱，所以大部分的时间精力全花在了内耗上面，疲惫又辛苦。而那些妆容精致的人，那些自控良好的，那些选择自我的人，他们面对的问题大概比普通人更加复杂，可是，他们不会忘记爱自己、做自己。

当你真正开启自爱的心智模式，足够爱自己时，无论面对一个人的孤独还是日常碎屑，你就会很自然地感叹——今儿天气真好。

原来

我还是不够爱自己

某一天，我突然觉察到，我看似淡定的面容下，却有一个极度紧张的肩膀。我努力地说服它松弛下来，可是几分钟之后，它又坚定地耸起来了。

我终于知道，十年的肩颈劳损，是怎么来的了。尤其因为生了孩子，长期和我妈生活以后，我觉察到，我的肩膀即使不是坐在办公室，也时刻紧张地绷着。

我的妈妈，非常善良，甚至有时候专门利人绝不利已。可是，她说话永远是指责模式。明明可以好好说的话，她的表达方式却是这样：谁让你这么干的，你有没有脑子；你看吧，你不听我的，结果现在就这样了。当然，她身上还有一个她们那代人的通病，就是在外人面前绝对和蔼可亲，然后再把外面接受到的那些负能量全数转化成唠叨抱怨暴躁，统统打包丢给家里人。

如果你也有一对嗓门高并且急躁的父母，你就会知道，在那种情绪高压下长大后，心里很少会真正觉得轻松，很难真正高兴起来。已经忘记纯粹的高兴和轻松，到底是什么感觉。时刻在害怕犯错，没有人在意你开不开心，只有人在意你做得是不是正确。你不开心，那又怎样呢？

我的人生从来没有像此刻，如此深刻地察觉到，我内心那些高兴的能量，是如何全数牺牲在“正确”这件事上。他们那么用力地活着，维持着外面的用力，于是孩子成了用力背后的情绪牺牲品。

这是很多人成年后，得到些许权力后便肆意放纵的原因。凡所以前不被允许做的，偏偏要做个够。可是**那些放纵，最终伤害的还是自己，甚至离你想要的生活，似乎越来越远了**。

在我读大学的第一年，我把许多不被父母允许的事情，全做了。打耳洞，染头发，做指甲，穿短裤，谈恋爱，吃垃圾食品，去很远的地方见未曾见过的陌生人。结果是，爆肥十几斤，考试第一次只是及格而已。这个结果，让我得到高兴和满意了吗？没有。这样纵容自己后，我不知道自己该如何面对毕业后的人生，我更不知道该如何面对再也塞不进去的牛仔裤。

但现在，我庆幸自己提早做了纵容自己这件事。它让我了解到，我用否定自己，在为父母的错误买单。这才是最愚蠢的一件事。他们终究还是给予过我许多很好的东西，我在曾经那样的正确中也曾得到过很多好的东西。

可是当年的我，没有领悟到的一件事是：我继续用力地去追寻着所谓正确的那些事。一方面我还是那个讨好的孩子，一方面我却因为那些痛苦的经验拼命压制着那些诉苦吐槽。能够付出，却不肯交付自己的心事。这样的心境，不知底限地退让，一直退到自己无法继续的地步。

为什么面对亲近的人，不能坦然地承认？为什么在他人面前开口说自己的痛苦，那么地难，唯恐别人觉得烦，唯恐别人不耐烦？因为没有人让你生来觉得：你是可以这样做的，你是可以袒露自己的脆弱与痛苦的啊。

所以我才意识到，试图转移焦点的任何自爱，都不是真正的自爱。不明目的地shopping，不是自爱，只是发泄。因为别人觉得足够贵，足够好，所以努力地去拥有那些，不是自爱，只是虚荣。因为那会令人羡慕，令人更喜欢你，所以去成为那样一个更好的自己，不是更好的自己，是更好的别人。

在长久的这种转移焦点中，模糊了自我，在那些觉察面前，问自己，为什么我为自己做了那么多之后，我还是总觉得好累，我并没有对自己满意。甚至在我得到了更多的认可，更多的成绩之后，我还是在怀疑当中呢，我对未来还是有那么多害怕呢。甚至在我和我妈生活过程中，我还是那么容易被她激起愤怒，和她互相指责起来。

原来，我只是接受了那些，并没有真正放下。**内心强大，才能道歉，但必须更强大，才能原谅。**

我已经不再需要谁的道歉，不管是父母，或者是伤害过我的人。可是，我并没有真正原谅。在我的潜意识里，我只是把他们锁进了一个小小的房间里，在白日下，在大多数理智的时候，可以不看见那个房间。可是，在午夜里在疲惫低落的时候，它轻易地又敞开了，一切都还是在那里。

因为没有原谅，所以那一切我都还背负着而已，虽然他们已经不能影响我的决断和选择，却能轻易让我不高兴。

但我觉察到这些，我发现，我现在努力做的许多事，根本不是我想做的，也不是我必须要做的。我用力追求的许多事，反而没有此前那么简单纯粹。

当你还在努力的时候，你以为那些已经拥有那些的人，一定是比你幸福的。无疑，他们比之你，的确拥有了更多选择的权力。可是，当你发现，你拥有的许多，都不是你真正想要的时候，新的痛苦其实也随之而来。

而面对这痛苦，唯一的办法是，用你现在拥有的，转化成感知自己的能量，而不是去追逐那些更多的更好的，去看看，那些是不是能令你更开心的。

我所见到的，在得到许多之后，得到自在和幸福的人，都不是特别用力的人，而是泄掉了许多力的人，变得更加简单和纯粹的人。

绕了一圈，还是绕不掉那些人与事。曾经，你把那些人与事压在你的枕头下，压在你的背包下，你怀揣着一定要让他们刮目相看的决绝上路，这些能量可以维持你一段时间，让你鸡血沸腾。可是再接着走下去，就开始貌合神离、分崩离析了。

我感激我过去十年的决绝，以及看清我的决绝，仍在我身边的人。现在，我要丢掉那些决绝了。不再把默默流泪当作坚强，不再把拒绝关心当作善良，不再把自我保护当作成熟。这些其实都不过是把压力转化成更深的压力压制到心里去而已。

我也感激我过去十年的努力讨好，它让我敏锐地感知到别人的喜悲，拥有同理心，与人为善。现在，我要丢掉那些讨好了。不再把廉价容忍当作包容，不再把依赖当作喜欢，不再用付出强迫交换爱，不再压制自我当作付出。那些廉价容忍、依赖、强迫交换、压制带来的拥有，都是假象，最终带来的是更大的自我伤害，以及直至死生的恶性循环。那样换来的所谓的更好的自己，我不再想要。

我现在就想做一个高兴的人，真正高兴的人。做令我高兴的事，遇到那些因为我高兴就一起高兴的人，而不是那些为了他高兴令我自己不高兴的人。努力不再因为别人的不高兴，指责自己，反思自己，不要总是在努力地解释和说服谁。省下那点力气，为自己做一些决定，为自己留下足够自我的时间和精力。

我要去找我的高兴了

冥想 文

我小的时候

羡慕的不是

别人有一个成功的爸爸

有一个美丽的妈妈

而是他们能坐在一起

聊天

开怀大笑

我不知道有多少孩子像我这样

心里有这样一个问题：

妈妈，你为什么总是生气？

爸爸，你为什么总是不笑？

后来，我长成一个很酷的少女

喜欢把自己裹在黑色里

我知道，他们都在背后说

这个人真高傲

有什么了不起

其实，我只是，不懂

不懂如何对人敞开心怀

不懂如何和人真正亲近

我听过最多的话——

你要听话

你要懂事

你要优秀

我终于从一个很酷的女孩

成为一个懂事且优秀的女人

可我知道，我的心里不太对

总是在付出

总是在牺牲

可是

我像妈妈那样总是在生气

我像爸爸那样总是不高兴

原来没有人知道

怎样才能让我高兴起来

当年，我怕妈妈也怕爸爸

后来，我也让人又爱又怕

怕我生气 怕我不高兴

怕得多了 怕得久了

就不爱了

原来

不是他让我不高兴

而是我自己不高兴太久了

我对妈妈说

我不要把你的生气背在身上了

我对爸爸说

我不要把你的不高兴背在身上了

我要把你们的不高兴都放下来

然后，我要去找我的高兴了

赚你应该赚的钱，
花在值得花的地方

我小的时候，每天家里会给一点零用钱。但我很早，就已经不再用来买零食吃。初中的时候，攒了一个月的钱，给爸爸买了几双袜子，给妈妈买了一枚胸针。后来袜子很快就破洞了，胸针也有些褪色。他们总是拿这件事来笑话我，但我知道，他们的内心是很开心的。

这不是一件值得赞扬的事情。但我开始知道，买东西，是一件需要考量的事情。什么店是好店，什么物品是好物品。

到了高中，零用钱多了一些。我妈时常会问，你的零用钱攒了多少了啊。我很骄傲地说：有一百块了呢。她说：嗯，不错。好好留着以后上大学。

结果，没过几天，请同学吃了一顿饭，一百块花了八十块。

我妈笑我，你是花钱比攒钱要快得多啊，以后肯定留不住钱。

她没有说错。到了25岁，我依然是一个没有存款的人。

我的闺蜜问我：没有存款，没有男朋友，你不害怕吗？

怕，当然怕。可是，只要我有赚钱的能力，能够在这个城市独立生活下去，我就要坚持下去。**人总要能看得到自己的努力进步，我不和别人比，我就和我自己比。我知道，今年的我，比去年的我更好。**

而且，家里并不穷。毕业以后，他们刻意不资助我，我也从不伸手。只是因为：我知道，他们就是希望我能够吃苦。

慢慢熬到了自己买房，面对贷款按揭，第一次感觉，买东西都要先看标签价格，每个季节，都不再敢胡乱买衣服。但也不觉得难过，因为有过更苦的日子。反而觉得，终于有一个家了。两个人一起量尺寸，去宜家买家具，周末自己一个个螺丝钉安上去。我想，这样的日子，是此生的独家记忆。

那个家，后来招待过我们无数的朋友。那张沙发，容纳过很多朋友的心事和委屈。那张餐桌，抚慰过很多朋友思念家乡的胃。

熬过第一年。第二年，日子就好起来。再然后，终于到了，逛超市，不用再看标签的日子。苦尽甘来的滋味，特别地甜。

人生当中，有很多，是父母无形中给予你的能量，而你不知道的。

如果不是有一对勤劳节俭的父母，我想，我不会懂得如何熬过那些苦日子。

我想，从小的那一点小小的零用钱，并不多。但足够让小小的我，感受到了一点自由。那点自由，足够让我在心里去安排，什么东西对我是最重要的。

一个星期不吃晚饭，节省下来的钱，买了一本《傲慢与偏见》，把我从言情小说和偶像剧的爱情观里拯救出来。这是我人生中花的最值的20块钱。

节省一个月，请同学吃一顿大餐。尽管，他们或许不再记得。可对我来说，那一刻，我是幸福而满足的。这是我人生中值得的。

省下半个月的工资，去看闺蜜。也许只是和她度过一个短暂的周末，躺在床上聊到半夜，但是，对我来说，就是值得的。

开始租房的时候，四壁空空，到二手店里买家具，我一定要买那个梳妆台。合租的同事不理解，说超出我们预算了。我说，不，一个女孩子，再穷也应该有个好看的梳妆台。这样才不会过得潦草。后来这个梳妆台，跟着我们过了两年的时光，没有人后悔当年为了它节衣缩食。

就是在这样一点一滴的坚持中，把坏日子苦日子过出来。

就像我家亲戚说我妈，再小的屋子，她也会收拾得整整齐齐。这是她教会我的过日子的能力。是**不管在任何时候，对自己对生活都应该有要求**。

这个要求，是在你心底的。不因没有人知道，你就马虎。不因没有人看到，你就潦草。

这个要求，才是让你慢慢变得越来越好的原因，也是你心里的底气。

因为你知道，每一天，你都在认真度过，所以你会真切看到自己的一点一滴进步。

这些点滴进步，是我认为，是最能帮助一个人度过迷茫的。

富养自己，最终目的，并不是让我们都能毫无顾忌地买买买。而是让一个人，不因外在的价格，而判断内在的价值。而是让一个人，越来越懂得享受生

命中的小确幸，是只有你自己才能懂的那些价值。

富养，是让一个人不介意付出，更学会满足。无论甘苦，都能维持住内在的品质。这才是真正的能够传承给下一代的品质。

有钱了，也依然能过辛苦的日子，只要这种辛苦值得。

没钱了，也依然能够尽自己的能力，把日子安排到最好。

这样的人，才能坦然面对钱这件事。

钱是有嗅觉的，也是有气质的。钱会喜欢某些人，也会讨厌某些人。你是什么人，会决定你能赚到哪些钱，也会决定你的钱流向何处。这决定一个人这一生中绝大部分的幸福感和挫败感。

赚你应该赚的那些钱，花在你认为值得花的地方。

拥有过坏日子的能力，也能够拥有过好日子的格调。

这是我希望，我能教给我儿子的。

一个女人，
要怎样才算见过世面

十年前，我大学毕业，以为决定人生命运的是机遇。后来发现，决定一个人的，不是机遇，而是见过天地之后的眼界。

那时候我有一个同事小英，长得清秀，工作踏实，但是并不起眼，一年后进了香港的一家上市公司，并且嫁给了一个优秀的香港老公，很多人都猜想，她一定是手段过人，或者是运气太好。

后来我才知道，他们相识在一次欧洲旅行中，当时所有人都在往卢浮宫里面挤，唯独他俩都想站在同一个角度拍摄那一天的晚霞，两个人相视一笑，相约晚餐，结果越聊越投机，发现想去的地方都一样，就这样结伴走到了一起。

很多人以为，城市里已经不会再有这样的故事了。但事实上，人生很多巧合背后，不只是偶然。

当时我也问她，这样一见钟情靠谱么，她笑了笑，说了一个故事，在后来的旅途当中，他租的车子抛锚了，他们只能停在路边，等待救援。整整四五个小时，他们聊着彼此旅行中遇到过的最糗事件，都觉得这件事真的不算糟糕。

回来后不久，他就向她表达了求婚的意愿，因为他总是想起那一晚的欢声笑语，觉得未来的日子即使很苦，因为是她，也会变得不那么苦了吧。

什么是眼界，就是有的人喜欢挤在人群中抢打折货，而有的人只挑选最想买的那件。眼界，就是有的人相信这真的太倒霉了，而有的人还可以谈笑风生。

之前网上看过一个故事，说一个游泳爱好者两次横渡英吉利海峡，但是第二次失败了，原因是第二次离目的地不远的时候起雾了，他看不到目的地了，结果越游越慌，心里没底就放弃了。

如果他知道目的地就在不远处，他肯定会坚持下去，无论做什么，心里有数很重要，彼岸就是天地，见过天地才能让一个人心里有数。

眼界会决定你能看到的风景，马东说过，**我们的人生往往因为看见一条船而忽略了一条河**。初入社会的时候时常听人抱怨，抱怨这个世界的假恶丑，抱怨这个社会没有诗和远方，因为我们没见过北极光，也不知道基拉韦厄火山的壮观，不知道只是因为看不到，不代表不存在。

不是没有风景，只是高度不够。

人是需要活在比较级的，如果不是发现肉煮熟了才好吃，到现在我们都还是野蛮人。因为小英了解过卢浮宫，所以不着急排队，遇到过比汽车抛锚更糟糕的事，所以并不慌张。

因为有共同的眼界，他们在同一片晚霞下相遇。因为有共同的眼界，让他们在一件糟糕的事件中认定了彼此。

王家卫说，**人的一生是见天地，见众生，见自己的过程。**

见过天地有了眼界，但是有眼界还不够，只有明白众生的苦，才能懂得自己的甜。

就像很多人没有预料到小英嫁到了香港依然婚姻幸福，很快有了自己的朋友圈。他们更不会了解到，**有些人的确是被上天偏爱的人，因为她们的“眼高手低”——眼界高，手却放得很低。**

有一次，小英陪同先生去旅行，同行的还有先生的客户以及他们的太太。在某个奢侈品店里，太太团里有一位林太太想买一个限量款的包包，先生却认为款式差不多，价格却贵那么多。她站在旁边笑着说：把两个孩子养大，太辛苦了，你确实值得最好的。那位先生听到这句话，二话不说，刷卡买单。

另外一个太太在柜台前为几百元的差价争吵，大家觉得丢脸劝阻，只有小英帮着还价，后来我问她为什么不说算了，毕竟影响心情，她笑了笑，我知道心情最重要，但是我也知道那个“斤斤计较”是全职家庭主妇，整天和柴米油盐计较，在她眼里几百元不是小事，我能理解她。

这趟旅程，只有她，用买两个包包的钱，买了一个相机和镜头。那些太太们都惊呆了，偷偷跟她说：“你是不是傻啊，买相机有什么用，当然应该买包包和化妆品啊。”她也不解释。

我夸她：“你的情商太高了。”

她却说：“去了很多地方，发现这个世界充满着你不能理解的人和事，但又充满着不可思议的善意和美好。我并没有刻意去讨好谁，只是真心觉得每个人都不容易。”

她当然也知道，过往的同事，在背后说过她什么。她当然也知道，刚去香港的时候，先生的朋友们都不看好她，说她是外来妹。这就是世界的不同地方，每天都在发生的事情啊。

30岁之前必须结婚，结了婚必须有个孩子……这些众生相已经被社会量化成了标准，父母们不能接受子女的选择，不能理解她们为什么不想结婚、不想生孩子，那也是因为，他们没有去看过世界，并不知道，这世上已经有很多这样的女性，在为自己而活，而且活得并不糟糕。

每个人都习惯用自己的视角去评价一切，凡事都要分个对错，争论个对错。可对了又怎样，错了又怎样？喜欢买相机，并不比买包包更高尚，不过是各自所站的角度不同。

这就是见过众生之后带给人的“眼高手低”，人要摊开手心，不要忙着指责，这样才能接得住上天的偏爱。

人生就像一段旅途，只留下同路人。有些人，只能陪你走一段路，不要怪他们，因为彼此选择了去不同的地方，被不同的目标吸引。最终留下的，只有那些眼界一样，能够一同上路的人。

留下的会越来越少，剩下的也越来越重要，你见过天地，见过众生，开始去见自己。

越来越明白什么是自己想要的，包括生活和另一半，归根结底，是让一个人明白：**不要奢望别人来理解你，你唯一需要理解的事情是——你到底想过什么样的生活**。

当你想清楚，做完决定，你的人生从此不同。

比如小英，比如无数个小英这样的姑娘，她们比大多数人过得更好，是因为她们眼界更宽更广之后，发现很多事都是可以被放下，被舍弃的。

一份类似鸡肋的工作，一些令人生气的话，莫名的闲言碎语，莫名的不理解和指责，都不是什么大不了的事情，都不能阻挡她们走向更好的生活、更好的自己。

她们有的去做了义工，有的搭车去了欧洲，有的在非洲拍摄动物的照片，她们除了有ABCD的罩杯，她们还有不一样的大脑和走过不同路的双脚。

以至于他们的先生常常收到朋友们的羡慕：你怎么能找到这样有气质又有趣的妻子。

其实，她们并没有多么地与众不同，她们只是比其他人走过更多的路、遇见过更多的风景，见了天地、路过众生，最终决定，要成为怎样的自己。

知乎上有个问题一直让我印象深刻，什么算是见过大世面？

会讲究，能将就，能享受最好的，也能承受最坏的，见过世面的她们自然会在人群中散发不一样的气质，温和却有力量，谦卑却有内涵。

住得了超五星酒店，也睡得了雪地里的帐篷。能穿着高跟鞋优雅的穿行于都市，也能背着几公斤的相机漫步世界。

走过多少路，遇见多少人，最终你会看到自己，你慢慢解放包容你自己，你发现你的气质来自于发自内心对自己的热爱。

你见过最好的，享受过最好的，再回头时，看到过去的你在路的一头大喊：我要变成更好的人。你笑了。

你也开始有点后悔，为什么不早一点去看看世界？

浪费了这么多年，去纠结、去后悔、去流泪，还不如早一点上路，这世界有这么多美好的人，在等着你去相识。

但幸好，你正在成为那个更好的人，你正走在那条见天地见众生见自己的路上。

女人拼命努力的
三个理由

一个在大城市里，努力奋斗辛苦想要熬出头的姑娘，要面对的牵扯实在太多了。

她们可能有一个妈，虽然自己是女人，可是心里一直遗憾着没有生到一个儿子，逢人还要唠叨，如果是个儿子，就会不一样。

她们可能听到最多的话，是你都这个年纪了，你赚再多钱，再过几年，还是没人要，你还不趁自己年轻赶紧把自己嫁出去。

洗脑不成，还可以打情感牌：因为你不结婚，我都失眠了。因为你不结婚，我都气得进医院了。因为你不结婚，我在亲戚朋友面前都抬不起头了……

同一个大学寝室，有的人在努力考出国，找世界五百强的工作，而有的人得意洋洋地炫耀男友如何爱她，以及她一毕业就可以结婚了，根本用不着努力。

同一个办公室，那些40岁的阿姨同事，整天关心地问，你怎么不找男朋友啊，我给你介绍一个吧。结果硬着头皮相了几次亲，完全是自我折磨，更加怀疑人生了。

我当然也遇到过这样的人，我当然也有不得不和她们打交道的时候，只是就像我的朋友们所说：她们不在我的思考范畴之类。

但很多年轻的姑娘不是。她们的人生，看到的更多样板是，如何早点结婚生子晒娃，她们的朋友圈，她们的周边都是这样的案例，多年读书读到的勇敢和智慧，在巨大的世俗力量面前，被贬低得一文不值。这就是一种令人感到折磨的自我消耗。

必须看到的现实是，虽然人和人同处一个时代和城市，可思维之间却相差几百年。所以，女人的拼命努力动机，和男人真的不一样。她们当然也想拥有自己的房和车，但那不是真正发自内心的需求。

有的姑娘，她们拼命努力的动机，只是想让父母承认：生女孩一样好，甚至比男孩更好。

有的姑娘，她们拼命努力的动机，只是想摆脱父母婚姻的悲剧：我不想成为像我母亲那样的女人！我也不想嫁给像我父亲那样的男人！

有的姑娘，她们拼命努力的动机，只是想在某个人面前证明：你失去我，会是这辈子最大的损失。我一定会比你过得更好。

有的姑娘，她们拼命努力的动机，只是想和那些流言彻底决裂：我的人生是我自己的事，请你们闭嘴。

除了第一条，下面三条，都在我的内心戏里出现过，陪伴我走过某一个阶段的孤独。走到那些阶段，**当我足够有力量、有自信的时候，我才知道，我内**

心真实的想法是：我就想活成我自己。

什么是孤独，孤独是你正在与你所处的世界为敌。你认为干了一碗浓浓的鸡血，而别人笑你又在看没用的鸡汤；你认为你的不将就是一种勇敢，而别人笑你的不将就其实是没有市场；你认为的选择是实现自我，而别人却认为你是不接地气的文艺心。

写字这么多年，我看到了许多许多姑娘的故事，看到她们如何在世俗的环境里野蛮生长，长到有一天，终于不再那么在意别人的说辞。

我也知道，真正的努力，是没有止境的。但是，当你的眼睛看向的方向不一样，你就会遇到那些真正可以说得上话、志同道合的女人们。

女人的努力分为许多阶段，不是每一个女人一开始都奔着特立独行去的，不是每一个女人都能相信自己会成为女王。大部分只是被命运逼到了那一步，然后，不得不往更好的方向去。

当我们在抱怨，命运为什么没有给我们更好的开头，那也许正是因为，命运并不准备让你活得和大多数人一样。

我到底该怎样爱自己

冥想 文

有一天躺在床上

我问自己

为什么总是觉得累

我的喉咙告诉我

亲爱的

我好累

有好多话未能说出口

好的坏的

当时迟疑了三分钟

然后就再没有机会说了

我的肩膀告诉我

亲爱的

你总想把肩膀借给

你爱的人 靠一靠

其实，你并没有那么强大

我的心脏告诉我

亲爱的

这里装了太多的人

你可以放下一些

空出来给自己吗

我的头脑告诉我

亲爱的

你太容易看到别人的优点

你太擅长看到自己的缺点

其实，你真的已很好

原来

他们早就很疲惫

只是我听不到

我在付出中迷失了

爱自己

其实并不需要那么多

只是去好好听一听

心里身体里在说什么呢

然后

我看到了

我的疲惫来自于否定

我否定自己的表达
说得还不够精准
还不够完美

我否定自己的肩膀
力量还不够强
承担的还不够多

我否定自己的心脏
还不够包容
还不够从容

我否定自己的头脑

还不够智慧

还不够通透

对不起

辛苦了

谢谢你们

对我如此不离不弃

从此

我不要对

我的偷懒

我的眼泪

我的脆弱

我的躲闪

感到抱歉

从此

我想换一种方式

去爱你们

以你们想要的方式

独立很累，不独立更累

读者常常会问同一个问题，在我20几岁的时候，是不是也像她们这样被很多问题困扰，到底是什么促使我变成现在这样独立。

我是走着走着就成了今天的样子，早上闺蜜还在朋友圈说我长着一张包养别人的脸。

但如果真要分享一个蜕变，我觉得最大的变化是——我开始敢于承认自己就是不想和很多人活得一样。我不会因为这种不一样，而感到恐慌。

很多人不是不想独立，而是不敢独立，害怕别人的否定。

一个姑娘的成长会面对很奇怪的一个现象。读书的时候，她太用功，目标明确，同学们会在背后说——这么努力给谁看，不就为了显得我们不够努力吗。

等到20多岁，如果表现的野心勃勃，积极争取某个职位，就会有女同事说：这样的姑娘，以后肯定是嫁不出去的。

还有太多姑娘跟我说，不敢精心装扮的原因是：坐公交车上班，穿的太精致，感觉很奇怪，车厢的人都会看着我。

每次稍微打扮得和平时不一样，就会有同事戏谑的说，哎呦，今天和平时不大一样嘛，是不是有约会啊。

如果一个女性晋升太快、业绩太好，就会面对更多非议，说她运用了某些非常手段才有这样的成绩。

这是我刚毕业时面临的最困扰的问题，后来遇到一位师姐，我问她，女人太追求独立，真的会嫁不出去吗?

她问我：那你觉得她们活得很好吗，你觉得她们的婚姻幸福吗，你想以后变成这样的人吗?

现在的你，不过只是看到世界的一角，是你站在眼前的一个窗户里看到的景象，如果你停留在这里，你可能过得比那些人更差。

你为什么要比看不起你的人过得更差? 就是这句话激起了我的斗志。

如果你不喜欢某些人，只有一种解决办法:就是把他远远甩在身后。

这就像飞机起飞时，必然会面对风速、地心引力的阻挡，会颠簸动荡，可真的上升到了平流层，就是风和日丽、阳光普照、云海无边的景象。

很多姑娘听到最多的一句劝告是：女人千万不要太强势，事业再好也没用，还是家庭婚姻更重要。

小白就是这样的一个姑娘，公司说，派她去外地项目两个月。她害怕男朋友不高兴，当即拒绝了，眼睁睁看着别人升职加薪。

过了半年，男朋友却被派去了外地，没几个月就出轨了同事。理由是，对方更优秀，可以在事业上帮他。

当初说她温柔可爱，现在又说她不思进取。小白伤心地跟我们说，原来男人心，也是海底针。

我跟她说，不是他变了，而是他腻了。一个女孩，没有追求，没有独立的精神，每天围绕一个男人，她每天呈现出来的状态都会是一样的。因为不成长，所以不丰富，也没有变化。就像一个永远没有新款的品牌，再经典也会被顾客抛弃。

最令小白欲哭无泪的是，如果当初她愿意多花一点时间给自己，即使失恋，她至少还有事业，她可以很快站起来。

现在年龄不上不下，已经错过了事业最好的发展期，再想突破，就要花更多的时间精力迎头赶上。

不独立，其实就是远离了真正的自己，抛弃了自己。

一个女人追求独立，不一定是为了比男人更强，而是要去挖掘自己更多的立面，让自己呈现出更丰富的美。

当小白决定重新站起来的时候，看到她的朋友圈经常不是在加班，就是在参加论坛，或者是学习上课。

朋友们都说她开挂了，她自己却说：现在谁也拦不住她追求新的自己。

每次她路过那幢她原本想和他一起买下的房子，都会默默在心里说一句：感谢不娶之恩。

现在的她每天都很累，但是竟然没有了当初的害怕，担忧。害怕他不高兴，担忧他被其他人吸引。以前竟然连出去和同事聚会都要忐忑。她的生活，不再被另一个人的情绪所主宰。

她原来并不快乐，她只是太怕失去他。

独立是身累，不独立是心累。

独立是短痛，你知道自己终将好起来。所有痛苦，都是成长的代价。

不独立却是长痛，你要忍受痛苦反复发作，直到你投降，或者决定换一个活法。

当初的我就像小白一样，放弃过，才知道那件事有多重要。

所以我们知道，所谓的独立，不是一定要活成豪门，而是：你不能把人生的遥控器交给别人，在独立的过程中，你开始不那么惧怕流言，不那么惧怕离散。

或许每个女性踏上独立之路的理由不一样，但最后她们都会踏上同一条路，就是——开始享受独立，享受每一刻的自己。

因为你会发现，自己就像一个工匠在设计雕刻一块原材，逐渐把自己打磨的光彩熠熠。

不要因为你追求独立，而向任何人道歉。

这就是独立的女人身上，不一样的美。如果让她们和过往的自己交换，我想，她们一定会说：

现在的我，千金都不换。

你会聊天吗

我刚入职场的时候，一个CEO姐姐跟我说，她每天的工作就是跟不同的人开会。我问她："哪儿有那么多会要开？"

她说："这种会，不是你理解的会。不是从小老师校长给你们开的会。我说的开会，其实就是和各种人聊天。"

只是很简单的一句话。但是，我过了很多年才理解，会聊天在人生中是多么重要。

前几天，艾明雅老师激动地跟我分享了一个小事。冬日阴沉，一个朋友邀她去家里坐坐。她纠结了很久，终于决定出门。到了那儿，两人聊着聊着，说起她有一套房子，放了很久，卖不掉又租不了。结果，那个朋友帮她算了个账，打了个电话三下五除二，就让她一年多了几万块的收益，实现当"收租婆"的小理想。

我自己的第一套房子，一样是和朋友聊天，他推荐我买房子（当时我完全不懂投资这回事），他给我分析了，以我的能力和现状，应该买什么地段什么户型的房子。我们讨论完之后，定了一个小区的某一个户型。然后过了三天，他给我打电话，说那个小区，正好有个人急卖，你赶紧来看看。然后，我一眼相中，第二天就交了订金，签了合同。这套房子现在升值好几倍。

很多时候，即使是自以为很熟悉的朋友，隔一段时间不见，你会突然发现，他掌握的、涉及的知识和信息点，是你完全想不到的。

每个人，在生活中都有自己的一套，我们不可能面面俱到，所以，我们才需要朋友，去拓展我们对生活的认知。

以前的BOSS跟我们说，他有一个特别爱读书会读书的朋友。别的人可以不见，但这个人，他一定隔一段时间就得去拜访。和他聊上几个小时，就是一次大脑充电。他能把书里的东西，深入浅出地分享给你，完全就是脑力激荡。

我想，我现在真的能理解：**人生的改变，真的往往只是一夜之间，一场谈话。**

有一次我去北京出差，没有时间见一个小朋友。于是，她定了一张高铁票，跟着我从北京回了杭州。路上六七个小时的时间，我们什么也没干，就是聊天。

后来，她说，这场谈话，改变了她未来的一生。她以为自己是个混日子的人，但谈完之后，她知道，她以后想做什么样的人了。

所以，真的去珍惜和每一个朋友相处的时间吧。

没时间，就去创造时间！

我特别欣赏的一位影视投资人，从上海过来，吃完饭，我坚持送她到车站，等到她上车再走。她说，不好意思耽误你的时间了。我说，真的不，这路上的一个小时，这等你上车的一个小时，真的对我来说，如获至宝。因为她给我分享了一个关于遗忘的小故事——

她在尼泊尔爬山的路上，遇到一个姑娘。她已经完全走不动了。她问姑娘，离顶峰只有一百米了，要不要我拉你上去。姑娘摇摇头。下山的时候，那个姑娘还在那儿，但是她在哭。她以为她是因为没有登顶而哭。结果，并不是。

姑娘有一个前男友，他们在一起的时候，曾经相约来爬这座山。结果，因为种种原因分手了。在她心中，她一直认为他们还有希望。这一次，她独自来爬山，是为了怀念这段感情。可是，当她爬不上去的那一刻，她突然就释怀了。

人生有些事，不是一腔雄心就可以做到。没办法继续，就是真的没办法继续下去了。

这是人心，也是天意。那么，就好好收拾好自己，准备下山。

这个故事放在我心中，好几天。她走了，但她把这个故事赠予了我。

人内心的某部分松动，并不来自于那些苦口婆心，或者千辛万苦地寻找，很可能只是来自于某一句话、某一个分享。

我就是这样，慢慢从一个惧怕聊天的人，变成了一个热爱聊天的人。**当你爱上聊天，去分享那些人生中值得分享的部分，你自然就变成一个充盈丰沛的人。**

所以，你说，约朋友需要理由吗？不需要。

“找我干吗？”“什么也不想干，就是想你了，想和你说说话。”

“说什么呢？”“只要是你说的，说什么都好。”

此生幸而为女子

看过我文字的人，都会说我太理性，甚至有读者会问我：你会哭吗?

我当然会哭，只是，现在的我，只会哭给某一个人看。而他知道，那是撒娇，不是撒泼，那是释放，不是失控。

我曾是一个咬紧牙根在人前保持骄傲的女汉子，是一个七八岁就为了自尊跳起来和男孩子打架的女汉子。少年的我看来，女人和男人最大的区别，不过是穿裙子与不穿裙子。所以，我也不知道，柔软究竟有多大的力量，我也只能用坚硬来武装自己。

在很久远的时光里，我都不懂柔软是什么。我以为坚硬就是理性，理性是无坚不摧，理性是宠辱不惊，理性是泪腺的功能都衰退了。理性是很多人追求的一个荣耀目标，似乎达到了，就再也不会犯那些愚蠢的错误，再也不会受伤，再也不会轻易被打败。

我做到了吗？很多人以为我做到了理性。恰恰相反，我觉得，我比以前更感性了。

以前，我害怕感性，害怕自己身为女人的那些感性。有苦痛都不愿说给谁听，因为怕别人看到你的感性。总盼着这世间有一个人能懂自己的苦，甚至比自己都能了解自己，在他面前可以放下一切，可以放肆地哭与笑。

但那个人没有出现，我想他也不会出现了。而我也不再期待这个人出现。因为，我比任何时候的我都坦荡。我可以向身边人坦诚：我累了，我不开心，我好想哭一下。因为，我比任何时候的我都柔软。我看爱情电影，看得潸然泪下。我爱一切美丽的东西，我爱与美有关的一切事物。

很多人肯定会疑惑，那你展现出来的理性从何而来呢？因为，**我不是学会了理性，我只是学会了客观。**

太多人说，女人太感性了。其实，她们不是不懂理性，不是做不到理性，而是正因为，她们为着在这世界堂堂正正地活着，将感性与理性对立，反而令自己扭曲而压抑。

男人没有感性吗？他们当然有爱恨情仇。只是，他们懂得什么叫客观。而这一点，在优秀成熟的男人和女人身上同时存在。

韩寒在《后会无期》里说，“小孩子才分对错，大人只讲利弊。”这句听起来多么的令人齿缝生寒。其实，更准确地说，只有小孩子才分喜欢和不喜欢，在大人眼里，只讲有利和无利、有关与无关。

少女们初入职场的时候，已经早早对办公室人群划成左右两派——喜欢的和不喜欢的。而在某些人眼里，办公室根本就不应该存在喜好，那本来就不是交朋识友的场所，只有绩效与浪费，只有付出与所得是否匹配。

这些道理讲起来，恐怕比理性与感性更令少女们心寒。成年人的世界怎么这么冷冰冰，毫无人情味，难道这世界就没有温情了吗?

当然有，**只是你该懂得，什么地方是属于温情的，什么地方是属于冷静的，而什么地方又是属于柔软的，什么地方又是属于坚硬的。这就叫客观的智慧。**

而愚蠢的主观，是在冷静的地方讲温情，是在温情的地方装冷静，是在该柔软的时候坚硬，又在该坚硬的地方弱得不堪一击。

人与人之间缘何觉得完全无法沟通，正是因为，你和她讲感情，她偏要说事实；你和她论事实，她却又开始讲感情；等你心软起来想好好说道理，她却偏偏又开始搬出旧事数落；等你因此暴躁起来的时候，她却认为“态度不好，简直罪大恶极”就是她的道理。

而很多人认为，这就叫感性。这不是感性，这是因为无法自控的情绪，导致坚持偏见、导致失去判断。这不是感性的错，这是以为“我讲出所有的一切，都是在讲感情”，难道你不知道吗，这种种一切的失去控制，都是因为“我太讲感情”，我的事实我的道理我的数落，都是为了你对我“讲感情”。

真正的柔软，就是全心全意的托付，没有爱的胁迫，没有爱的条件，没有爱的自残，仅仅就是一句话而已：我需要你来呵护我此刻的柔软。可是，这么简单的一句心意，总是被包裹了太多丑陋的外衣，导致结果无法收拾。

我的朋友与他的先生磨合多年之后，他都能知道，此刻令她完全失控的烦躁感，很可能是因为她的“大姨妈”很快就将造访了。而她自己都完全无意识，以为她真的是时候必须应该和他好好“谈谈”了。作为女人，我们都懂，当我们说，想要和男人好好谈谈的时候，我们其实是什么意思。而这也是为什么，男人们听到女人想要和他们谈谈的时候，都想撒腿就跑的原因。

为什么不能好好说出那句话：我需要你来呵护我此刻的柔软，偏要让自己扮演一个讨厌的角色。我想，是因为，我们从来不知道，一切都是可以那么直接的。赞美是可以直接的，爱是可以直接的，求拥抱可以直接，甚至想“做爱做的事”也可以直接大方地说出来。

如果这都不可以，那么，你永远无法成为一个可爱有趣的女人。

这才是如今的我，理解的有趣与柔软。因着学会了这样的有趣与柔软，我懂得了在需要客观的时候，好好做一个客观的成年人。我懂得了把感性留着去成就人生中的风景，而把理性留着去成就人生中的前进。

我也懂得了把眼泪留给那个你给他最多笑容的那个人。他是否懂得你为何而哭，重要吗？不重要。因为，他是那个可以令你笑的人，这样，已经足够。

因为，他令你觉得人生有趣。你放心地成为了那个可爱有趣的女人，无需端着，无需假装坚强，无需藏着掖着，是坦荡荡的柔软，是坦荡荡的坚强，是此生幸而为女子，是幸而可以如此融洽成全柔软与坚强的女人。

第二章

有一种人，嫁给谁都会幸福

身为一个从小看着父母频繁吵架的孩子，我特别讨厌吵架这件事。

吵架在我眼里是没修养的体现，在我很幼小的时候，我就告诫过自己无数次：第一，我一定不会做那个爱吵架的人；第二，我不会交那种朋友；第三，我不会嫁给这种老公。

刻意避免自己成为一种人，你就一定会成为另一种人。因为害怕暴力和争吵，就会开始擅长并且习惯冷暴力。

很多人会抱怨自己的伴侣，为什么有的事情不能好好沟通呢？为什么那么沉默？他们惯常的口吻惊人的一致：“我宁愿他跟我吵架，也不愿意他闷头睡觉，越看越生气，越想越生气。”

无法理解冷暴力的人，都是从小习惯表达，并且认定吵架不过是一种沟通方式。在他们的观念看来，冷暴力就是不爱、漠不关心，是惩罚对方，是最最讨厌的情绪表达方式。她们理解不了，对于一个沉浸在冷暴力的人来说，是那么地爱对方，那么地不想伤害对方，所以才宁愿选择这种最自虐的方式来对待自己。在冷暴力的人心中，这是他们所能做到的最大忍让。

在付出了这么多的青春时光之后，我终于从冷暴力中走出来，不是因为我能接受争吵、能用吵架的方式转换了，而是，我在我自己的伴侣身上获得了极大的安全。这种安全感，让我敢于把那些难以启齿说出来，让我敢于说出我的脆弱与需求。

两个人之间，从什么时候开始，能够真正地实现心与心的沟通，是所有的婚姻关系里最重要的事。而这件事，和道理，和交流，和耐心，和技巧，都没有关系。真正起决定作用的是，两个人都愿意从裁判席上走下来，暂时放下自己那些先入为主的评判，放下那些自以为完美掩藏的挑剔，将心比心，站在对方的角度，替他想一想，他为什么会这样去想，他为什么会这样去做，他不是你，你也不是他。

两个人之间日趋和和美美，一定不是另一方的改造终于成功了，而是两个人都可以松一口气，不用再提心吊胆地生活了，不用忍受处处都是地雷区，踩到一个三天不宁。

越走越远的伴侣，无非是因为，怎么都理解不了，对方为什么要这样活。普通人的修为，永远都是反射自我，紧紧抱着自己的目的不放松。“他这么说，无非是想怎样怎样，达到他的目的”，那么“我一定要怎样怎样去实现我的目标。”将一个人的利益从中割裂开来，企图将自我利益放到最大，这种企图心，或许一开始可以用“宠爱”来解释，岁月久长之后，慢慢就从自我变成一种自私。

深陷其中，一个自私，一个沉默，彼此都开始用冷暴力。等到他真的不再需要你。一切就不得不结束。宠爱是一回事，自私是另一回事。宠爱是由着性子，无伤大雅，是恩爱，是情趣。自私是为了保全自我的虚荣和贪欲，要求对方以爱的名义来做成全。

中国女人惯常喜欢混淆“恩宠”和“自私”。可聪明的男人们，他们乐于给予恩宠，但无法成全无底线的自私，因为归根结底，谁也不能成为他们的全部。这就是为什么，傻男人总会跟女人吵架讲道理，而聪明男人只会把你晾在一边。这就是为什么傻女人总会跟男人吵架，而聪明女人只会忙着把自己经营得更好。

情感关系破裂的伴侣，抛开一切理由不算，根由只有一个：互相都觉得不公平，再没有人想当傻子了，谁都想来当裁判。你输没关系，我反正一定要赢，大不了一拍两散。

情深不减的伴侣，大多都有一个共性：明白只要一日在一起，就是一荣俱荣，一损俱损，没有单方面的赢家，也没有单方面的裁判。这是最牢固的绑定关系，这也是最聪明的相处之道。

说来容易，做到难。愿意用输，来换对方的安全感和幸福感，都是有智慧的人。

说难也不难，不过是一念之间的回转。聪明人自然会在学会从各方面减少对自我的损耗，不争不斗，稳稳升华。而凡俗的人，耗尽一生在争抢斗气，最后输掉了什么，只有他们自己知道。

高质量的陪伴

是什么样的？

年轻的姑娘特别容易被已婚夫妇的秀恩爱所感动。节假日送花，大呼浪漫；餐厅夹菜，好体贴；出差为她买限量版的新包，简直是老公楷模；她们相信，只有遇到这样的人，才值得嫁，否则为什么要选择两个人的生活呢？

曾经，当我也认为，选择婚姻的原因，当然是渴望有人相伴。可是，恰恰反而婚后，节假日却都是他最忙碌的时候。说好的蜜月旅行一直推迟到现在。每年的生日，他都正好有事。

如果说，陪伴的时间是婚姻是否美满的重要指标，那我的婚姻绝对不值得姑娘们艳羡。

很多人肯定会问，难道你从来不失落吗？不会因此伤心难过吗？当然失落过，当然伤心过，也曾一度怀疑，我们之间还有爱情存在吗？尤其在刚刚婚后的时候，这个问题一直萦绕在我的脑海。

只是，有一天，我想明白陪伴，在人生的不同阶段，有着完全不同的内涵。起初我们希望的陪伴是形影不离，因为我们害怕孤单，害怕被人认为不合群。后来我们渴望的陪伴是聆听，因为我们的内心开始有了太多的疑惑，我们需要倾诉，需要得到认同。再后来，我们希望的陪伴是依赖，因为世界越来越多冷酷的地方，我们多么渴望有个臂弯足够承受得起你全部的重量，可以妥帖地收藏你。

这是人们需要情爱的原因，但有趣的是，这也恰恰是年轻时候我们决定结束一段情爱的原因——如果他不能好好地陪伴我，为什么还要在一起呢？这是很多人相信异地恋必死的原因，这是很多人无法忍受对方忙碌、无法忍受太多分离的原因。

可是，那个一直在身边陪伴你、可以把世界全部留给你的人，你爱他吗？那样，你真的快乐吗？

我对爱的要求太高，我一直都太清楚。相比躲在某个人的怀里，把世界的风雨都挡在外面。我更希望，我们彼此都是彼此的风筝，当我飞得再高，回头他都在那里，就够了。**能放飞彼此，能理解我内心要飞翔的原因，比时刻体贴呵护，是我以为是更深层的爱意**。所以，有一天，我真正领悟到，陪伴的质量，远比陪伴的时间更重要。

有人说，在我们的一生中，遇到爱，遇到性，都不稀罕，稀罕的是遇到理解。**其实，理解也并不难，之所以难，是因为你奢望别人能理解全部的你，甚至来帮你解读你自己**。我早已不需要他与我形影不离，我早已不需要他时刻聆听我的心思，我也无需某个人来收纳我。之所以我们要在一起，没有其他原因，只是因为相爱，只是因为我们希望爱能让彼此更好而已。

我认为真正稀罕的爱，是自在，是勇气。因为他，你可以做真实的自己，放下你在外面需要的种种武装，舒适自在。因为他，你更加的能量充沛，敢于去实现你耿耿于怀不肯放下的梦。你飞得再高，跌下来他会接住你。你飞得再高，他与有荣焉，不会害怕你飞走，更不会妒忌你飞得更高。

也只有这样的爱，才能一直正能量循环，让两个人的光芒愈加晶亮。

如果这世界是一片森林，有的男人会筑起一间牢固的屋子，外面是高高的城墙，再也没有人能伤害你，只是你从此也再也不敢迈出去那间屋子，一旦失去，你就也崩塌了。而有的人，会带你跋涉到山顶，你们一起听风声入林，你们一起看繁星闪烁，你们一起看鸟过树梢、看花看草，也一起面对所有的可能到来的危险。

比起后者，前者的爱更具诱惑，特别是当你疲惫的时候，当你那一刻感觉再也走不动、跑不动的时候，当你再也不想前行的时刻。只是，当很多人真正得到这样的生活后，却陷入“这个人并不属于我”的绝望中，时刻忧伤他终有一天走到她们目光企及不到的地方。

而你，如果决定选择后者，你就应该明白，你选择了自由，也同时选择了坚强和跋涉。而孤独是你不管选择谁，都必须面对的。

所以，**不同的爱情，差别并不在于，你们的性情是否合适。而是他陪伴你的方式，你是否理解并且欢喜。在不同的爱情里，我们开启着不同的陪伴模式**。

如今，我甚至觉得，在意陪伴的时间，还是更在意陪伴的质量，是判断一个人是否成熟的标志。

我的朋友同时被两个男人爱着。一个大方富有，可以给予她悠闲的生活，也能给予她物质的丰富，还能带她满世界旅行。另一个没有那么富有，没有那么多时间，也没有去过世界的很多地方。

后来，她选了后者。我问她为什么？她说，因为在第一个男人眼里，她除了漂亮之外，一无是处。不管她做什么，他总是会认为，这点成绩算什么，这些能力算什么。而在后一个男人那里，他永远会在适当的时刻鼓励她、赞美她，让她相信自己还可以做得更好。她说，苦恼了很久，但她选择了过开心的人生，而不是过有钱的人生。

陪伴的时间，陪伴的花费，或许决定了现在的你们是否开心。但陪伴的质量，才决定未来的你们，能走到哪里，能不能成就彼此。

我们要的陪伴，不是你在我身边，你却在看手机。斥巨资在五星级酒店的高级餐厅用餐，或者节假日都在国外旅行，也不是真正高质量的陪伴。金钱带来的惊喜永远只有一次，那是满足你的虚荣，满足你的见识感。

在你年轻的时候，你当然会被高级跑车、五星级酒店诱惑，每个人都想过更好的生活。但如果爱情里只有这种陪伴，你就会问自己：你是谁？有一天你失去这一切，你的价值是什么？

在你年轻的时候，你当然也会被嘘寒问暖、甜言蜜语所打动，没有人不喜欢温暖照顾。可是，行为温暖带来的感动，永远是有期限的，内心温暖散发的能量，才经得起时间考验。

幸福的女人，
懂得理解对方的感受

我有一个面如黑包公的父亲。不仅我怕他，家里亲戚的孩子都怕他。

每次当我这样说的时候，我的朋友们没有人相信，他们说，怎么可能，你爸看起来很和善啊。是的，别人的爸爸总是和气的。

现在的我还怕他吗？当然不，风水轮流转，现在已经轮到他来讨好我了。可是，在我们身边，有很多人面对父母的时候，心里都还是当年那个孩子。

闺蜜说，无法理解，为什么每次已经商量好的事情，她的先生却不愿意和自己的父亲开口去说，最后在这个家庭里，决定事情的还是她的公公。她感到非常沮丧，婚姻十年，却无法让他在乎她超过他的父亲。

我以前也无法理解，一个成年人，怎么居然不会保护自己的妻子，难道他心底一点都不在意她吗？

后来，我懂了。不是他不在意她，而是他真的不敢。

他们结为伴侣的时间，已是很长。可是他与父亲之间的相处模式，更长。在他还是孩童的时候，他事事都要依赖他。等他大了，依赖不再，可是畏惧却早已深入骨血。

他爱她是真的。他畏惧父亲也是真的。

如果她爱他，她必须要接受：是的，不管他已经是孩子的父亲，公司的上级，在他父亲那里，他就是那么地“怂”，而且恐怕这辈子也很难强势起来。这种怂，这种善良与孝顺，已经是他的一部分，与他在乎的一切同时存在。

难过吗？当然难过。可是，难过的不止是她，他更加难过，处在妻子和父亲中间，手心手背都是肉。

她问我，怎么办。难道要放任公公一直凌驾在自己之上，就好像如来佛的五指山一样吗？

其实哪有那么夸张，她不是孙猴子，公公亦不是如来佛。公公其实要的只是威严，是一家之主的面子，何必非要硬碰硬？先生要的不过是一家和睦，既能安抚父亲，也能安抚到妻子，那何不退而求其次呢？

慢慢地，她开始理解丈夫，并聪明地妥协了。再也不声泪俱下地控诉先生的软弱，反而是软软地说一些自己的愿望，铺好一个台阶，先生立马乖乖地下了台阶，彼此皆大欢喜，再也不提这件事了。是的，她还是难免会低眉顺眼，可是换来一个更加愿意心疼她的伴侣。她觉得，她不仅没亏，而且还赚到了，因为，她慢慢变成了他们那个小家庭里实际上的女王，越来越能干美丽，公婆倒是日益和气了。

成年人才会懂得，感情与姿态是两回事的。对于老人来说，他们并不是真的那么坏，他们只是害怕自己不再被尊重、不再被重视。当他们没有真正认定你已经足够有资格作为家里的主人的时候，他们会做一些“挑拨离间”的幼稚事情。

你可以把这些看成是一种考验。你赢得了一个男人的心，未必能征服他的家人。这本身就是两回事。可是这个时候，如果你还傻傻地把他树为敌人，那就是真正的孤家寡人了。

闺蜜也曾哭着说："为什么我好像那个家里多余的人一样？他们三个有说有笑，完全视我为无物。"

我问她最后是如何想通的。她说："因为她对公婆，也无法像对她自己的父母那样。"

这世上愿意爱屋及乌的开明人，永远是少数。你都做不到爱他，就爱他的家人。又为什么要求他的家人，像爱他那样的爱自己？

网络上有个笑话说，最佳的结婚对象，最好是父母双亡。很多人深以为是，可惜这世上的生活都是套餐组合，有你喜欢的，也一定有你厌恶的。这个闺蜜有一对固执又传统的公婆，她需要斗智斗勇，可是，他们愿意尽心尽力带好孙子。另一个闺蜜有一对崇尚美式生活的公婆，随时来一场说走就走的旅行，所以她只能一手一脚辛苦带孩子，还要被嫌弃不够事业型不够独立。

婚姻并不可怕，只是，只有心智足够成熟的人，才能点亮这个舞台。

我看着我的闺蜜们，曾经在生活的泥沼里跋涉，坚持走到今天，终于走到了青青草地。

当我看到她们不再抱怨、日渐平和、日渐风韵。也希望你们相信，每个人都会经历那样的泥沼时期。好好去感受对方的感受，有一天，你也能柳暗花明，走到人生中年的第二春。

男女之间的最佳距离

距离这个东西，是每一个成年人迟早都会去悉心揣摩的问题。

曾经，我 们以为，如若你想表达你内心的亲近感，就是和那个人如影随形。你们之间不要有秘密、不要有隐瞒，更不该有背叛。你们随时随地都在分享，在陪伴。你无法想象，不能相见是何种境况。因为如果不能相见，那一切亲近感就是泡影。

后来才知道，这种在时间空间上竭力维持的“亲近感”，是多么易碎。它唯一拯救的，不过是一种孤独感，一种令年少的你如临大敌的孤独感。这种孤独感，是简单而细微的，甚至是饥不择食的。那个最愿意陪伴你的人，往往就成了你最重要的朋友。年轻的我们，往往有许多鸡肋一般的感情，食之无味、弃之吧，没有人替代。

那个时候，你还不知道，人与人之间的天差地别。直到每个人把这种天差地别逐渐显露出来，并且释放出各种不同的讯号，才开始懂得如何寻找同类，屏蔽异类。

让孤独感在面目上隐退、模糊、消散，让自我的讯号逐渐含蓄而清晰，是

成年人必备的功课。直到此时，才是时候开始，仔细思考，这个关于距离的新问题。

距离太远，恐怕他会忘记你。距离太近，恐怕他会逃开你。好像需要给每个人定一个坐标，标出你们之间的最佳距离，才不容易毁坏这种联系。

聪明的人，自然极早就懂得掌握这其中的规则。他们穿梭于人群中，游刃有余，知道用最合适的称谓来称呼对方，懂得在什么时候出现、什么时候离开，了解什么话题是必须要避讳的，而什么又是正合时宜的。而对于有的人来说，这无疑是极复杂，又极艰深的一门学问。

对于成长中的许多人来说，他们在这件事上频繁出错。搞砸了爱情，搞砸了友情，连亲情也是同样的紧张而陌生。

认识这么多年，是什么让你们突然分道扬镳？因为你指责了她的新任男友，因为你总是习惯提醒她犯过的错，还是因为你总习惯性对她的人生指手画脚？以前你认为这是亲密的证明，直到失去过，你才知道，这种亲密有多么伤人。

总要犯一些错，你才会知道：**这世上没有人可以和你无话不谈，也没有任何人喜欢被真正看穿。人们都只喜欢亲近，但却不喜欢亲近带来的指责和干涉。**

所以，太多时候，越是亲近，越是无力拯救。你明知道那是错，也只能让他去犯错，否则第一个不能原谅的人，第一个想逃离的人，就是你。

这种无力感，无疑很痛。可惜你不能代替他去做选择。你会懊恼，当初怎么就没能拉住他，怎么就没能劝住他。很多人都患有这种强迫症，令他们寝食难安。

我不希望谁对我有这种强迫症，所以我也不希望对谁施展这种强迫症。当我的朋友和爱人问我对某件事的看法时，我心里清楚地知道：**他们其实并不需要你来替他们做决定。那么我能做的，我该做的，只是告诉他们我的看法，而不是我对这件事的决定。**

当他们问：十二，我该不该要这个孩子。我只会告诉她：我比谁都了解你对孩子的渴望，只是那份辛苦，你当有心理准备。不管你的决定是什么，我都会理解并且支持。不想生咱就不生，我陪你任性到天荒地老。想生我就给你赞助奶粉钱。

当他们问：十二，我想辞职，我已经厌倦了这份工作。我能做的，应该是帮他分析这份工作的利弊，是因为到了职业倦怠期，还是因为确实工作已经进入瓶颈状态，再难提升。实在不想干，大不了，辞职走人。这世上有手有脚的人怎么会被饿死。

或许有人说，你真是不负责任的朋友。这世上的每一个人，需要的都是情义，不是责任感。

一个人之所以需要情爱，是因为他不想害怕无路可走，是因为他不想一个人吃饭，是因为他需要有人在身后，而不是谁能对他的人生负责。因为这种责任感，迟早会让每一段感情都丧失掉最美的距离，会让每一份情义都开始扭曲变形。

对于我的朋友，我感受到她需要静一静的时候，我就不会联系她。我知道她欲言又止的时候，我会主动把这个话题拿出来说一说。

对于我爱的人，我希望他知道，无论他如何，我都在他身边。对于我的朋友，我希望，我是一个安全的树洞，一个安全的依靠。这是我想给予他们的距离感，这亦是我希望他们给予我的距离感。

这也是我对于距离这个问题，思考很多年后得出的最佳答案。我不是那样精于计算的人，我也画不出那么复杂的坐标图。所以，我选择了最懒的办法。

我不会因为你犯错，而看低你、抛弃你。请你也不要因为我犯错，而看低我、抛弃我。我们彼此都有自己的路要走，就像各自生长的两棵树，我们的根扎在自己土壤上，我们的枝叶在空中拥抱。

世上只有这种距离，是最易长久、最少伤害的。

你要走，我不留。你要留，我欢迎。我不是你的责任，你也不是我的责任。我的朋友，我只需要，在我疲惫不堪的时候，敲响你的门，你会到厨房给我盛一碗热汤，煮一大碗面条。**我的爱人，我只需要，不管我走多远，回头都能看到你张开的双臂，你温暖的眼睛。**

时光会让我们各自美丽。然后，我们变得更热爱彼此，更依恋彼此。是热爱、是依恋，不是用依赖、控制或者纵容，去制造一种亲密的错觉。

付出太多，
也会让人想逃

总有人问我：“为什么我对他那么好，他还是要跟我分手？这世上他一定再找不到比我更爱他的人！”

“对。你们分手的原因，正是因为——你对他太好了。”

在爱情里，女人常常有占领情结，她们享受“拥有”的感觉，爱一个人就要占领他的世界，占领他的房间、他的床榻、他的衣柜、他的洗手台。这一切最后束缚住了她们，她们像烟花那样，在这段感情里被自己感动得烟花四溅，结果却只留下满地烟灰。

等到爱得累了，决定分手了，还是继续做着感情的炮灰。说好再也不联系，可如果对方真的再也不联系，就会暴跳如雷、辗转反侧，“他真的爱过我吗？”

说好各自去寻觅新的感情，却不停抽空刷着对方的微博、QQ、微信，如果对方很快另结新欢，马上又不甘心地后悔，“为什么要放过他，或许不分手我们还有希望。”

就在这样反反复复的情绪中，不停把自己的心撕得粉碎，再也无法开始新的感情生活。

年轻时候，我们都是自己世界里的王和王后，只有打败对方的骄傲和尊严，才敢确定，这就是爱情。只有对方在你面前放弃掉尊严，不顾一切，不顾廉耻，没有隐瞒，没有秘密，才敢相信，这个人值得你去爱。

那个时候，所有人都把爱情看得高过于一切，高过于自尊，高过于朋友，高过于秘密。可是，少年时代的奋不顾身、燃烧自我，那样巨大的能量，是因为无所畏惧。这种爱的方式，过了那个阶段，是会令人惊慌害怕，而非感动。

那些没有在少年时期燃烧完热情的人，总是不明白，为什么她们如此的付出热情，并不受欢迎。

“我没让你对我这么好啊！我不需要你对我这么好啊！”这些难听的话语背后，其实是另一句话“你不能留着那些好给自己吗？不要总是找我要回应啊。”

你付出太多，在对方眼里，会变成占领。有占领，自然就有逃离。你的善良，你的关心，你的牺牲，在对方眼里，其实是束缚。有束缚，自然就有沉默和叛逆。

你可以付出100分，他却可能永远给不了你100分的回报，这种无法相等付出的感情，慢慢就会让两个人都不开心。

不是每一个人都渴望一百分的付出，七八十分的爱情，更令人舒心自在。

一个成熟的人，应该学会恰到好处地对待感情，留给对方应有的空间和自由，更是留给自己应有的空间和自由。

你要知道，不是爱情变了，而是你们都变了。

如果你把所有的热情和精力都留给爱情，除了成为感情的炮灰，更会让自己成为感情燃烧后的炮灰。

如果你留给她只有部分的你，留下更多的你去好好自在生活，他才更害怕失去你，也更想拥有全部的你。

一段成熟的情感关系里，有亲密空间，也有隔离空间，才能彼此进退有度，才能走得更久远，才能不需要占领却深深相连。

你的先生，
最爱的是让他觉得舒服的女人

这是真实世界里发生的真实故事。

女主角突然知道丈夫出轨，她茫然失措，觉得全世界都就此崩塌。然后，她的妈妈告诉她，她的父亲也曾出轨过，她选择了沉默，并且相信丈夫终究会回到她身边。

正当她希望按照母亲的方式来解决这件事的时候，却正好碰到了那个年轻、性感并且没有丝毫罪恶感的小三。在好友的怂恿下，她冲进去与她理论。可是，小三却趾高气扬地说："你们这帮自以为生活完美的富太太，根本都不懂男人到底是什么生物，根本不懂人生到底是什么玩意儿。"

她就这样被打败了。回到家和男人大吵一番。第二天，扔掉他所有物品，开始暴饮暴食地生活。就在她以为没有什么比这个更糟糕的时候，全世界都知道，她的老公出轨了。

她十三年兢兢业业，不吃甜食保持身材，打理家庭，体贴丈夫，换来的居然是这样的局面。

可悲吗？婚姻美梦一觉醒来，全世界的人不仅不同情她，反而觉得并不意外有此结果。

这是许多“完美太太”的真实写照。

完美太太都是这样，希望所有人都满意，孝顺长辈，管教子女，叮咛丈夫，友爱朋友。如果婚姻也有考试，那她们一定是婚姻考试的学霸。直到有一天，似乎拿了高分的她们，才发现其实并不被所有人满意，丈夫嫌她死板，孩子受不了她的攀比心，朋友其实早就想找机会踩踩她的傲娇。

没有谁愿意舍弃掉自己，然而却依然难免掉进这个黑洞里——因为不能输给别的太太，因为先生不能比朋友的先生差，因为孩子不能输给朋友的孩子。

他们不知道，活着只有一个人生准则：“当你自己对了的时候，全世界都对了。”

她觉得自己很忙碌，追求着完美的婚姻生活。她无时不在完善自己，于是忘记了撒娇，忘记了性感，忘记了可爱，把自己活成样板耸立在那里，内心却是一个僵硬的、焦虑的女人，一个不那么被人喜欢的女人。

有缺点的人生并不可怕。好太太，并不完美，而是柔软的、放松的、快乐的。当你羡慕别人的先生笑着说：我赚钱，她买衫，自己的先生回家却倒头就睡。那或许正是因为你不再柔软、不再放松、不再快乐。

婚姻变成爱情的坟墓，首先是因为它太容易变成女人的坟墓，埋葬了她的青春与梦想，也埋葬了她的随心与随性。

太多已婚女人太热爱安排生活，太想在家里建立权威感和规则感，男人不许随手扔臭袜子，孩子不能把家里弄乱。她不再拥抱亲吻先生，因为在老人孩子面前，她觉得亲密的举动很丢人。她花很多时间在网上比较价格，给孩子买进口的玩具，给先生买最新款的衬衣，而不是好好给自己买一套美丽的内衣。

你是家里秩序的守护神。可是，比起家里乱一点，你的先生和孩子，更希望看到的是你温柔的笑容与怀抱。可是，比起收到礼物，你的家人更希望看到你每天美丽的心情，散发着愉悦的气场。

一个妻子一个母亲，她最大的功效，并不是家里的好保姆、家里的好管家、家里的好厨子，而是家里温暖氛围的制造者。让他们疲惫的心放松下来，让他们把烦恼都丢到门外，让他们缺失的理解在你这里得到弥补，让他们甚至能在你面前放心地号啕大哭。

只有你对了，你的家才对了，你的世界才对了。

有一种被遗忘的美丽

冥想文

每次整理衣柜

总会发现

几件从来没穿过的衣服

那一刻

无比埋怨自己

你又在浪费钱呢

你又选择失误了

于是

怀着埋怨的心情

准备恼怒地丢掉

转念一想

何不穿上试一试呢

这是我在买下之后

第一次穿上它

我讶异地发现

竟然是那么的合身

竟然是那么的美丽

它静静挂在那里了很久

每次急着出门的时候

目光扫过它

我嫌它太端庄

我嫌它太热

我又嫌它没有鞋子搭配

然后，它就被我遗忘了

直到重新穿上的那一刻

我终于想起当时买下它的理由

想起那一刻的动心起念

想起那一刻的小确幸

一年 365 天一天 24 小时

有多少的动心起念被你遗忘

又有多少的小确幸被你遗忘

当你重新拾起它们

你会比得到新的更感动满足

因为，你发现

过去的自己

其实比想象中美丽

过去的时光

其实比想象中幸福

性格不好，

其实就是情商不够

有一天一个粉丝在分答上给我提问，问我作为霸道总裁，最喜欢什么样的员工。我给出的第一个回答就是：情绪稳定。

她后来很诧异地问我："为什么不是诸如吃苦勤劳聪明这样的要求？"

我说，这些是入门门槛，根本算不做要求。为什么很多企业在雇佣人员的时候，更倾向选择男性？为什么很多时候，并不是外在条件看来最优秀的人赢了？甚至情感关系中，也不是付出努力最多的人，可以笑到最后。

这其中有一个很大的差异，就是——**你是否能维持自己的情绪稳定，而这其实才是情商最最重要的组成部分**。

很多人以为情商就是会说话、会沟通、长袖善舞、八面玲珑，这些都不是情商的本意。所谓的情商，其实主要是指人在情绪、意志、耐受挫折等方面的品质。EQ是由五种特征构成的：自我意识、控制情绪、自我激励、认知他人情绪和处理相互关系。

当你认清情商的真正含义，你就会知道，很多人理解的情商其实都是错误的。而很多人所说的性格不好，其实就是情商不够。

误区1 内向的人，就是情商很低

我认识很多侃侃而谈的人，都不是天生外向型，包括我自己。我曾经也认为自己很内向，天生就不属于舞台，但现在我可以在各种分享会上应对自如。

改变我的原因，并不是因为我从内向变成了外向。本质上，我依然认为自己是内向的，我更喜欢独处或者和三两好友相处。

真正令我改变的是：

第一：我建立了很强大的自我意识，不再那么惧怕别人看我的眼光。

第二：知识上的多年累积，给了我自信。

第三：每次我都有做充分的准备，我知道了，没有人是天生的演讲家。

所以，并不是我性格改变了，而是我不那么恐惧这件事了，我有能力和能量应对处理这件事了。内向的人，依然可以成为演说家。历史上许多优秀的演说家，比如前美国总统林肯，他其实是一个非常害羞和内向的人。

所谓的内向和外向，只是他们获取信息、自我驱动的方式不同，他们喜欢的交流方式不同，他们对环境的适应能力不同，并不决定着谁的情商更高。

误区2 有心计的人，情商更高

这是我在现实中更频繁听到的一个论调。我的男朋友被人抢走了，因为对方比我更有心计。甄嬛为什么能笑到最后，因为她学会了算计别人。真的是因为这样吗？

很多人完全忽略的一个问题是，这些心计行之有效的原因是：她们在整个事情行进过程中情绪非常稳定，而对手，太容易情绪失控了。

比如甄嬛，她失子之后的抑郁，成功让皇后重新赢得局势上的优势，甚至以此把她送出宫，让她彻底离开皇上的视野。她不是输在了心计不如皇后，而是没办法控制自己的情绪，在伤心中放弃了自己。

同样的，还有《琅琊榜》里的梅长苏和靖王。梅长苏步步为营，他知道，对手情绪不稳之时，就是他出手之时。而靖王虽忠勇耿直，却总是因容易冲动，险些毁了梅长苏的精心布局。

所以，与其说，有心计的人情商更高，不如说，因为他们想得更深远、运筹帷幄，所以情绪控制能力更高，不会那么容易情绪失控，受制于人。同理，因为情绪稳定，所以他们在关键时刻，能做出更正确的决断。

而情绪控制能力弱的人，太容易把自己的弱点、把柄暴露在外。同时因为情绪差，失去了辨别力、思考力，自掘坟墓。

所以，你以为是小三棋高一招吗？其实是因为你步步都走进了人家的情绪陷阱，最后让感情都毁在了你的情绪失控里。所以，你以为甄嬛后来是变聪明了吗？不，是因为她知道了自我控制。

误区3 情绪稳定，不是没情绪，而是不影响决断

多年前，我们有一群写作的朋友。多年后，只剩寥寥几位还在写。为什么？很多人谈一段新恋爱，就把之前的文字全部隐藏或者删掉。还有一些人，只要失恋，就消失不见。

其实每一个行业，都是差不多的情况：**能在一个行业待上十年，保持勤奋努力的人，一定会成为行业中的佼佼者**。而大部分人，因着各种情绪，根本对自己没规划，更不用谈能够坚持规划。

两年前，一个朋友方南跟我痛诉她的老板，如何如何的小气、善变。我说，那么，你想这么办？她说："你放心，我会继续待下去。你对我说过，第一，现在出去没有更好的选择。第二，我还不够强，我还有学习上升的空间。"

她不是没情绪，她也会吐槽、抱怨，可这些不会影响她的最终决定，她也不会给朋友造成困扰。

这样的朋友，你会觉得值得信赖，你还会觉得她很有人情味。她不是没有情绪的机器，她也会生气难过伤心失望，但她不需要你为她担心。她说话很直，她不会拐弯，可你并不会觉得她性格不好，相反你会喜欢她的直接。

有情绪会找靠谱的渠道发泄，但不会因此昏头昏脑做出错误决定。这才是真正的情绪稳定，有情绪自控能力。

另一个朋友伊伊，在她的男朋友提出分手时，泪流满面地对我说：“我真的不是故意发脾气的，我就是这样性格的人啊，我跟父母在一起也是这样说话的。”

我也很真诚地对她说：“如果你对你的脾气没有办法，你就不值得更好的人生啊，因为你正在让对方的人生变得不好。性格不好，这真的不是理由。”

性子急、脾气火暴，不是什么问题。可是，借着性子刻意伤人，不知悔改，一次次试探对方的忍耐底线，就是问题。

性格内向、不擅言谈，也不是什么问题。可是，以性格为借口，一次次冷暴力，浪费人生、浪费他人生命，就是问题。

所以，对于朋友，我可以接受理解她们的任何情绪。但那些在情绪低潮时候，蓄意伤人或者蓄意冷冻的人，我不会深交，甚至会远离。不是我承受不起，而是低情商者，就是会不断消耗身边的人。

很多人会以为作家是一个非常感性的职业。当然，我有非常感性的一面，看电影会哭，看一朵云很美会开心。但，你想在任何事情上做到成功，都必须高情商。高情商最基础的能力，就是情绪控制能力。

十年前，我还在媒体工作，我业余开始写作，成就了今天的我。我的朋友都说，我就是少年老成。其实，我不过是能够保持自己的情绪稳定而已。我不是不会失恋、不会难过、没有委屈，我只是清楚地知道：这些事都不能击倒我，因为我这一生，最重要的事是——活好我自己。**如果性格不好，那就努力**

去改啊、去学习啊、去修行啊。

所以，不要再用“我天生性格如此”做理由了。智商是天生的，之所以有情商这个概念提出，正是因为，情商是可以通过后天学习来提升的。十几岁，性格不好，父母可以包容。作为一个成年人，还在拿性格不好、情商低做借口，生活过得不如意，又该怪谁呢?

喜欢你的人不怕麻烦，更不怕忙

在我年轻的时候，我是一个特别害怕麻烦别人的人。但奇怪的事情是，我特别爱和那些理直气壮要求你对她好的人做朋友。

但时间久了，就会觉得很累。这么多年，我从不愿意把这一面示人，直到有一次，忍不住和她们说：“为什么你们都不主动关心我一下？”

结果她们异口同声地说：“因为你心情不好的时候，总是躲起来啊！我们以为你就喜欢这样，所以成全你，不闻不问。”

听到这个答案，我真是哭笑不得。

后来，有一次艾明雅老师聊起她的母亲，说她隔一段时间就会去看望老朋友，都是对方招待。我听完之后，忽然想起我自己的母亲，是一个生怕亏欠别人的人，是一个极怕麻烦别人的人。在我小的时候，对我说的最多的一句话就是“你不要欠别人的”。每每接受了亲戚朋友的礼物，她就总会在我面前念叨：“这些人情，我总归还得还回去，你怎么能要呢？”

我把这些讲给她听，她说：“我终于理解你了，从小到大，我妈妈从没让我觉得，人和人之间都是亏欠，反而她很享受这些人情往来，觉得这是活着的乐趣。”

这是完全两种不同的人生观。一种把人情往来当成乐趣的一部分，一种把这些当成是极大的心理负担。于是，也造就了我和她之间完全不同的性格。

一个相信，喜欢你的人，不怕麻烦，更不怕忙。

另一个相信，你喜欢别人，就不要麻烦别人，更不要让他为你忙。

不能理直气壮接受别人的付出，心中常怀亏欠之心，是我多年来内心常感疲惫的一个重要原因。

直到后来遇到一个男性朋友，他和我成长在完全不同的家庭氛围，他是一个理直气壮要求别人对他好的人。我把我的困扰告诉他，他觉得不可思议。他说，他真的喜欢一个人，即使是打飞的，也会去找她的，这就是男人。

“难道你们不觉得累吗？不怕麻烦吗？”

“如果怕麻烦，何必要恋爱呢。人都是自私的，当我为愿意为她做特别的事，我恰恰反而知道：我是真的爱她的。”

从那个时候，我开始了解到一件事——

吸引带来的也许是情欲。

但爱情，是用来突破底线和原则的。

怕麻烦别人的人，都特别擅长为别人突破底线和原则，却不擅长让别人为自己突破。很多女人不明白，为什么她们眼里的坏女人能吸引到很多男人。

其实，她们未必是坏，她们只是更懂得自然表达自己的需求，她们更懂得让对方在爱情里突破自己、尽情发挥自己的长处，结果她们就成了对方难以忘怀的那个人。

仔细想想自己，你的时间和精力，是不是也更容易给那些——热衷表达需求、主动约你、不怕打扰你的朋友。

是的，这就是人性。你在意的事情，一定要如实说在意，而不要假装大度。否则，原本属于你的关心和在意，就会被其他的人和事占满。

你越怕麻烦别人，你越容易孤独。对喜欢你的人来说，你的麻烦，是他们眼里的瞌睡碰枕头，正好不知道怎样才是对你好呢。

我的闺蜜和他先生，从知心姐姐上升到爱情，正是因为那段时间，她需要找房子出租，他带着她四处看房，他的细心周到瞬间打动了她。

人与人之间的感情升华，除开内心价值观的高度一致外，一定是因为有过一些特别的经历，这些经历不可复制，每每说起来都是属于你们的独家记忆。

以往每次闺蜜聚会，结束的时候，她们总是会问："你男朋友来接你吗？这么晚了，不好打车呢。"我总是会说："他工作比较忙，也很辛苦，这么晚了，我自己能回去。"

这样的感情没有一个修成正果。直到后来遇到他，总是会主动提前问我：你在哪里呢？需要去接你吗？我说，太远了，一来一回多麻烦。他却会说：开车一会儿就到啊，不麻烦。

后来，他成了我的先生。

如果你是像我这样的人，那么，那个总是让你说“没事啊，你忙吧，没关系的”的人，不是合适你的人。

遇到错的人。你会在这份爱情里，把自己累死。

对的那个人，会在你开口之前，先说：没关系，我来吧。

这就是真正喜欢你的人。

重新遇见自己

冥想文

忽然有一天

你感到身体特别累

你知道你没有生病

只是心累了

你害怕父母的关心

只会让你觉得自己还不够好

你躲避朋友聚会

因为你不想变成一个抱怨的人

你也不知道这是怎么了

怎么就走到了现在

你真想做回一个孩子

可是当孩子到底是什么感觉呢

在妈妈的肚子里

你感受到一种盼望

有个熟悉的声音在说话

他会长成什么样子呢

那是爸爸

不管什么样只要健康就好

那是妈妈

你不知道

其实他们的内心

对你只有一个要求

健康就好

后来，他们开始恐惧

世界这么大你会不会迷路

世界这么乱你会不会走丢

他们希望你拥有更好的人生

比他们更好

他们变得严厉苛刻

不近人情没有笑容

他们一点也不快乐

唯一的快乐

是看到你比他们更好更优秀

你讨厌这样的他们

他们也并不喜欢这样的自己

谁也改变不了谁

直到有一天

你梦到小的时候

爸爸的胡须扎疼了你

你死劲躲着爸爸

妈妈的笑容明亮灿烂

你哭了

你们还能回得去吗?

等你重新遇见自己的时候

就是回去的时候了

你就知道

其实父母最想得到的

不是你的成功

而是你像小时候那样

紧紧抱着他们

黏着他们

傻傻地说

一辈子都跟在他们身后

婚姻是如何
变成围墙的

一对男女青年一见钟情，热恋后即步入婚姻，过起了男主外、女主内的婚姻生活。然而，像很多老夫老妻一样，他们的婚姻亮起了红灯。

在家庭生活琐碎浸泡多年的妻子，变得唠叨、粗鲁、不解风情、喋喋不休，甚至有强迫症的倾向。整天在家中穿着邋遢的家居服，希望丈夫把食物塞满吃完，甚至在丈夫蹲马桶的时候推门进去，强迫他喝一杯健康果汁。

在传统的婚姻生活中，传统女性很容易把关注焦点全部汇集在男性身上，渴望他们回报同样的关注。**缺乏精神交流圈子的她们，把精神需求的匮乏转发成了最直接的唠叨。**

据说，人每天都要说三千句话。男人在外忙碌完，回家到已经觉得无话可说，可家庭主妇还有三千句话在等着男人。这个问题让夫妻之间很容易造成精神世界的巨大鸿沟。然而，大多数男性面对这些的时候，显然都不会去解析这真正的原因是什么，而是选择逃避。找尽一切借口晚回家，或者干脆另外找一个小情人。

而韩剧《我妻子的一切》里，丈夫却找到了另外一个解决的办法——借由另一个男人转移妻子的注意力，他遇到一个极懂女人的中年男性，决定花钱雇他勾引自己妻子。很快，丈夫发现妻子完全似换了一个人，不再唠叨，仪容风姿更甚当年，焕发出全新的魅力。可是，这个更好的妻子，却已经不再属于他了。

男人们虽然嘴上不说，但大多都觉得，当下的妻子，已不是当年他爱上的那个人。当女人失去了天真少女心，她们同时就失去了对生活的求知欲和好奇欲，将更多重心转移到家庭生活中来，不再是那个充满生机和活力的青春女郎。

面对妻子的转变，更多男人在享受安稳家庭生活的同时，并没有意识到，他们应该鼓励妻子去努力找到自己的社会性角色。或者说，他们并不想让妻子有自己的社会圈子，因为这样更容易让他们有安全感。

与其说，婚姻改变了女人，不如说，婚姻改变了婚姻中的每一个人。是女人变了，也更是男人变了，是彼此对彼此的角色定位变了。婚姻之所以变成围城，是各自的私心战胜了其他。

电影最终似乎是走向了皆大欢喜，丈夫找回了当年相遇时的“初心”，妻子也找到了自己热衷的“社会角色”。

然而现实生活中，有多少人能意识到，**每个人在婚姻中的角色，不过是一个人生活中的一部分。不能把生活全部的问题，都归咎于婚姻伴侣身上。**

婚姻里的每一个问题，看起来都是表面的鸡毛蒜皮，但其深层的问题，往

往是各自首先想把婚姻体制凌驾于“生活”之上，

尤其是男人，总是希望确定这个女人是全心服务于这段婚姻的。而女人，总是以为她们都是为了爱在付出和牺牲，依赖惯了之后，也不敢去问自己，到底还有没有爱。婚姻才慢慢变成一个围城。外面的人想进去，里面的人想出来。

所谓的婚姻，是两个人的生活融合在一起。但是一旦你把这种小生活独立于“大生活”之外，那么，它自然就变成一个围城，把人关起来。然后，只有破墙而出，才得拯救。

我的老闺蜜总是跟我抱怨，为什么她的先生就不能安然接受她只想做一个家庭主妇？为什么他要那么直接地说“我是不会爱一个闲在家的家庭主妇”？

我对她说：“那是因为他对你的爱不自私，对你们的婚姻期望值更高，也因为他太了解他自己，也太了解你。

她那颗心在家里，也无法真正安宁和满足，她只是更害怕面对外面的世界。

很多女人所谓的享受做主妇，其实一点都不享受。不过是因为逃避压力，逃避改变，躲在婚姻里面，天下万般皆关在门外。而很多男人，之所以不对此提出异议，不过是因为，他们对婚姻的要求本就是那么简单。

他们并不需要一个精神伴侣，只需要一个守家的人，就好像大宅的石狮子那般，把老小都丢给你，他在外面建功立业彩旗飘飘。

婚姻是如何变成围墙的呢？不是因为当年不够爱，不是因为婚姻天生就是爱情的坟墓。而是，婚姻中的某一方，本就想以婚姻圈住某一个人，而另一个人也以为这就是爱。

有的爱，完全是封闭的，是排他的，是注定逐渐失去彼此真诚对话的。而有的爱，是开放的，是共享的，是两棵树之间的互相凝望。

愿亲爱的姑娘们，不管是选择事业，还是选择家庭，都坚持如一棵树一般的生长，绝不要做那依附的藤草，不要让那颗心变成围城。

你愿意对谁有空，决定你将成为谁

有一天，朋友圈被模糊照片刷屏。看到很多人感慨说：平时也不想看那些照片，看不见正好。如果这句话不是调侃，那我真心觉得，能发出这种感叹的人，是很可怜的。

也有个朋友跟我说她发了她家孩子的照片，发现一下午过去了就没有一个人愿意发个红包点开看看，让她有点怀疑人生。

对我来说，我有很多即使要付费也愿意看她的朋友。不是大尺度，也不是私房照，内心一点都不care她发的是什么，只是表达我对她的在意。

我见到的每一个情商极高的牛人，几乎都是点赞大户。因为，他们懂得，这样的付出，性价比极高，能够让那些不能时常见面的朋友知道：在我心里，你是重要的人。

因为我特别感谢我的朋友们能容忍我发一些无聊的状态，还坚持为我点个小爱心，也许没人爱看你的自拍，没人爱看你的娃，更没人关心你到底吃啥，但是相比于那些张口就是“下次一起吃饭啊”的人，我更感激这些酒肉朋友，他们愿意花时间关注你，就是一种认可。

人生里有太多以“下次再约”作为结尾的相遇，有的时候其实你很清楚，当你说出这句话之后，你们可能再也见不到了，你可能加了微信，还安慰自己还有联系方式呢，但是你有时间吗，还是等下次再说？

人生其实没有很多个下次，你认为重要的人，不管他在哪里，你漂洋过海也会去见他。愿意对你有时间的人，不管你在哪儿，不管他忙不忙，他总有时间和机会来见你。

我在深圳生活了十年，又搬来杭州，平时不定期去北京、广州、上海，有人问我，你都在忙什么呢？说真的，我常常只是想某个朋友了，就去见见他，和他们吃饭聊天。因为我相信，**人的一生，你对谁有空，会决定你成为谁**。有些人，和他畅聊一次，真的胜读十年书。

在我搬来杭州之后没多久，我的老闺蜜高铁希尔顿就预订好了票。于是，在一个春暖花开的日子，我们坐在龙井的咖啡馆里喝奶茶。

这么多年来，无论我住哪儿，她每年至少要过来看我两次，每次小住几天。这样往返几千公里，就是为了见一下“活的十二”。她说：我就想来过几天闺蜜的生活，一起逛街，一起做指甲做美容，一起聊天聊到深夜还不愿睡。

她说，你的衣橱又换了风格，但总归是越来越美。

我说，你的size又小了一号，不是说好一起微胖到老吗，真是讨厌！

每次见完，我们彼此都感觉，元气满满，又get到新技能，又能比之前更美了。

有的人可能会说，这是因为你们有钱有闲。不，在我们最穷的时候，兜里只剩下三百块，她就会花八十块买一张从广州到深圳的动车票来找我。

对于像我们这样的人来说，不管是当年赚几千块，还是年入百万，都知道最宝贵的东西，永远是时间。而**最宝贵的时间，一定要花在值得的人和事身上**。

所以，**女神真的不是秀出来的，而是拼出来的**。拥有这样的朋友，是我这一生最宝贵的财富。因为拥有她们，所以我也会不断努力，对得起她们心里的那份认可。

那天一个90后的女孩跟我说，她在这个城市没有什么社交圈。我说，难道你们同学也不联系吗？她说，彼此住得太远，她们宁愿在家看偶像剧，也不愿意坐一个小时的公交车来聚会。

也许，你会说，那是因为有的人不值得花一个小时在路上。但是我觉得，能让她觉得值得的人，大概也很难遇上了。因为，她对宅着煲剧的精神需求，远高过于其他需求。她把自己不知不觉封印了。慢慢地，她的生活就会变成绝缘体，拒绝了可能的缘分。

这样的生活方式，我见过许多。起初她们只是懒，后来就变成了不需要见面，最后就变成了害怕见面。

而那些懂得把时间花在高价值事上的人，已经离她们越来越远了，远到她们追不上了。他们即使仍在同一个朋友圈，可是或许已经直接屏蔽或者拉黑。

最终的结果就是，有一天她即使愿意付出时间，她的付出也是廉价的。因为她一直把时间花在了低价值的事情上面。

现在，我已经到了一个需要有很多角色和责任去完成的阶段，妻子、母亲、女儿、朋友、作家、合伙人，时间也被这些角色慢慢分割。

会有很多朋友，曾经热络过，但此生再无见面的可能了，因为，她们总是认为，可以躺在过往的交情上，理直气壮地继续要求你付出。

你心里曾经重视过他们，然而你迟早不会再愿意为他们有空了。

每一个能让我停下来，付出时间去见面的人，真的是我心中极其重视的人。其他人，我真的只能say no。我没有那么多时间可以浪费。

越忙的朋友，你们之间的友情价值越高，因为，这样的感情，超越廉价陪伴，是更深层的内心上的陪伴。

这样的朋友，无论再忙，都会空一个时间出来给你。人生在世，有几个这样的朋友，已经足够。如果你有这样的朋友，请一定记得主动告诉他们：因为遇见你，我的人生变得不一样。

依赖和恐惧
是爱情最大杀手

我们身边常常会遇到这样一些朋友，他（她）们每每谈到自己的感情问题，总会说一句：我就是对他太好了。

怎么个好法？

——我不需要她工作啊，只要跟我说想买什么，我都很大方地同意。可是为什么我连一点自由都没有？

——我对她父母这么好，她为什么不能对我的父母好一点呢？她以前不是这样狭隘的。

——看看我身边那些单身女性，都比她优秀多了，我还对她不离不弃。她还有什么资格抱怨和发脾气。

种种这样类似的抱怨听得多了，我不禁好奇，他（她）们的伴侣是不是像他们描述的那样差呢？结果，除了个别真的自私懒惰外，他们的伴侣看起来真的贤良又温婉。

她们心中又另有一套潜台词：

——不是因为他，我不会放弃自己，原本我不是这样的人。

——这么多年，他不是在出差，就是在加班，到底为家庭付出过多少？他根本看不到我的付出。

——我也想优秀啊，可我没有时间。

是不是真的如很多心理大师所说：人们总是把坏的一面留给最亲近的人，而把最好的一面留给外人呢？

以往我也会这样认为，但当我静心去思考这背后的情绪交织之后，我发现现实并非如此。

那些不要求妻子工作的丈夫，总会在愤怒的时候，以此为说辞，嫌弃她们不成长、不聪明、没有交际圈。这件事，早已不是爱的证据，于他是指责的借口，于她是恐惧的源头。

恐惧让她变得越来越狭隘，她的情绪动荡，他躲到阳台接一个商务电话，也能让她崩溃得又哭又闹。她每天晚上都忍不住想他在哪里，和谁在一起。她的智商在那一刻骤降到负数。

维系这段感情的东西已经变味了，他们从彼此依赖慢慢走向了彼此厌恶。他曾经爱她的简单，如今简单成了愚蠢。她曾经爱他的聪明，如今聪明变成了负担。

感情的可怕之处，不只是放大缺点，而是太依赖就能让一个优点，经过无

限地放大之后，不知不觉也变成缺点。太上进、太美丽、太优秀、太追求完美，这些统统都可能成为对方的恐惧之源；太天真、太简单、太柔软，这些统统都可能成为对方的愤怒之源。

他们依赖对方的付出，却又无法停止抱怨对方，而且他们都坚定地认为：我没有错！我凭什么要改？错的是他\她！

他也想放手让她尝试，心里却觉得她一定会失败。他早已瞧不起她的太过依赖。她也想给他自由，可心里却害怕，他身边的人都比她优秀。他带给她的恐惧，多过于其他。

佳偶变怨侣。根本原因在于，他们真的已经把爱情消磨殆尽，没有欣赏，没有尊重，没有理解，只剩下依赖和恐惧。

可这并不是两个人真的走不下去的最终原因，如果有一天，有一个人真的不想再继续下去了，那是因为他太不高兴了。

感情走到最后，无论你怎么做，都讨好不了他了。那个人，既不想妥协，也不想心软，你再怎么改变，他都决定彻底放弃了。其实那不是你错了，而是你以往讨好他的方式，他不需要了。而且，任何的讨好，大概都不需要了。感情走到最后，最后的需求反而最简单，也是最难。那就是：我想高兴一点，好不好。

我们曾经需要靠爱情来解决很多现实的需求，物质的丰盛、家庭的温暖、长久的陪伴，所以我们爱人的首要要求，无非是一句话：对我很好。于是这句话就制造出了依赖和恐惧这一对孪生兄弟，然后，他们携手打破了那些“高兴”。

是的，你对我很好，可我不需要你总在我高兴的时候来泼冷水，还要自以为“这是对你好”。

是的，你为我付出很多，可是你也不需要总在我最不高兴的时候，努力地制造担心和恐惧，还美其名曰这是“关心”。

是的，全世界你对我最好，付出的最多，可是，为什么你也是那个让我最不开心的人。

有多依赖，就有多恐惧。而恐惧会让人失去方向，把抱怨当成表白，把表白说成了抱怨。

我见过很多女人，她们根本无意识自己是在抱怨，是在让对方极度地不高兴，是在把对方逼向崩溃的边缘。因为她们只有一个目标：我想让你知道，我对你有多好，而你必须承认这一点！

承认又如何呢？这是最傻的女人用的最傻办法。愧疚却又无能为力，只会让男人逃得更快。任何人总是与你的快乐为敌，即使对你再好，终是太累了。

对于这样走入困局的爱，我能给予的最大建议是，试着去先让自己开心起来，然后你才有能量去放开那些恐惧。

不要再做那个等着他电话、等着他回来的女人，你不是深宫的嫔妃，你还有一整个世界可以去探索。

当你放开恐惧，你才能慢慢变得鲜活起来，变回当初那个被他爱上的你。

对于女人们，我始终有一句最大的忠告：**不管有多爱，都不要以牺牲自己的人生来换取理直气壮的依赖。那是最不划算的交换，更可悲的是，也换不来理直气壮。**

婚姻的意义
是什么？

准备进入婚姻前，如何才能确定这个婚姻是不是好的？我想我能给的最好建议是，如果你们既可以舒服地待在一起，也能享受分开的忙碌，这就是一段好婚姻。

既能互相陪伴，也能解决各自的孤独——这正是婚姻里最难做到的两部分，尤其是后一部分。

我见过很多可以玩到一起的伴侣，两个人如胶似漆，天天跟蜜月一般。可恰恰是这样的伴侣，婚姻里却越来越难相处。虽然相爱，却已没办法生活。为什么？因为他们曾经太好，同进同出惯了，根本无法习惯婚姻里的孤独。

婚姻里的首要孤独，是因为太拥挤。

本来只有两个人，结果一下子挤进来双方父母，两个人突然变成六个人。等到有了孩子，家中常住人口变成四个五个的时候，却恰恰是婚姻里最孤独的时刻。想说的话没有机会说，想做的爱没有心情做，想撒娇想流泪统统没有好时机。委屈夹杂愤怒夹杂不甘心，日子一久，竟然也不知道从何说起，不知道到底是谁错，也许在一起就是个错。**无人可诉，就是最大的孤独**。

能解决这个孤独的唯一办法是，两个人早已经有所准备，可以习惯各自独立作战。男人有男人的战场，女人有女人的领土，彼此信任，就是最好的默契。在这种默契中，最重要的默契是：两个人都知道，现在的拥挤是暂时的，孩子会长大，父母会离开，要共度更久长岁月的人，不是别人，只有你的伴侣。所以，请让所有人知道：这是你们的家，请遵守你们的规则。有这一点默契，足以打败大部分的孤独。

我们当然不能像美剧里那样直呼婆婆的名字，可好的婚姻，必然是有一个好的规则。父母至少懂得，来你家，你是主人，他是客人。反客为主的家庭，很难维持长久的和谐。

婚姻里的第二个最大孤独，是可以说的话越来越少，沟通的意愿也越来越少。

因为两个人在一起久了，大部分事都已约定俗成，什么时候谁买单，谁付账。他什么时候高兴。他习惯什么作息。哪部电影他爱看。彼此都已了如指掌。剩下需要聊的，大部分都是分歧、差异、矛盾，可这恰恰又是几乎大部分的人都不爱聊，也不想聊的。

看过一部小说，里面的一对情侣，每天会直接和对方说：今天，我不是太喜欢你。或者，今天我真的太喜欢你了。当时，叹为观止。两个人怎么能接受如此开诚布公呢?

现在却觉得，为什么不可以。我们应该接受：**在婚姻里，真的有特别爱对方的时候，也有看他不顺眼的时候。我们并不需要对方告诉自己：到底需要怎么做。**孤独是我们以为，此刻，现在，我的情绪，你必须要来解决它。

不。**孤独之下，我们需要做的，只是表达，而非解决。**

“最近，我没有那么喜欢你了。因为，你最近太忙了，忙到我们真的见面太少了。但我知道，你不得不忙。”

现在的我，真的可以将这样的话说出口了。我并不期望他做出不可能的改变，我只是表达我的委屈，仅此而已。当我说完，他如果能抱一抱我，我的孤独瞬间就跑掉了。

婚姻里的第三个孤独，是一个人跑得太快，而另一个人走得太慢。

你喜欢的人，你却觉得再也追不上了，没有比这更令人纠结的事。你无法让他停下来等你，可你却更加拿自己没办法。

你嫁给他的时候，他还是无名小辈。几年之后，他却已是众人瞩目。你娶她的时候，她还是个黄毛丫头。多年之后，她却已是精英骨干。时光挖掘出一个人的潜力，是婚姻里最大的变数。

古人云，悔教夫婿觅封侯。这话大概仍然可以戳中当今的许多人。

这样的孤独最难解，也最易解。难解是，也许你走得太快，自己都不知道你是谁了。易解是因为勿忘初心、何必攀比。

他在觥筹交错的时候，她在洗衣做饭。他在夜战客户的时候，她在哄娃睡觉。他跑得快，正是因为她愿意走得慢。快的人，把影响速度的部分都丢给了慢的人。

如果婚姻是拿来攀比的，那么，从一开始，就不是一场公平的比赛。

对于现代人来说，再谈白头偕老、相濡以沫，已经太难。时代变化太快，以前需要半生才能累积的财富，如今或许三五年就能做到。以前需要一年才能抵达的距离，如今两天就能到达。

不是现在的人不能承受孤独，是现在的人都已不习惯静默。

如今看起来再好的婚姻，也未必是终身佳偶。我们已无法再用一个统一的模式，经营一段婚姻。再好的关系，也要面对阶段性的动荡。这个世界，懒人和懒人在一起，才是为民除害。

如果你不是懒人，或者他不是懒人，就注定你们会一直处在调试过程中。

所谓婚姻的孤独，说到底，只是因为你太着急去解决每一个当下的烦恼，你也太焦虑去获得关于未来的保障和承诺。

可是，他娶的不是天仙，你嫁的也不是天神。大部分人连自己的当下和未来都不能明明白白搞定，又怎能给对方一个完美解决方案。

婚姻最大的意义正是在于，用两个人的力量去抵御孤独和变化。越害怕孤独，越需要婚姻。越害怕变化，越渴望婚姻。

你知道吗？那些能搞定孤独和解决变化的人，其实本质上，都不太需要婚姻。他们更渴望用力去改变世界。

所以，当你不能搞定和解决的时候，你应该庆幸：即使世界变化再快，还有这个壳能躲一躲。此刻孤独一点，比起外面那些不能应付的的世界，又算什么?

有一种人，

嫁给谁都会幸福

谁也不能否认如今的姑娘们都能干到可以当男人来用，她们在经济上日渐独立，也越来越懂得自我的意义。可是，最终她们逃不开的却还是传统婚姻观的洗脑：女人嫁人，就是要找一个男人来依靠。而男人理所应当地赚钱养家，因为女人要牺牲青春奉献给家庭。

这是很多有女儿的父母们，理直气壮地要求男方必须具备优越物质条件的原因。可惜，他们不知道，如今的女人们抛弃不了一个东西，叫作“自我”。

以金银换自我，换得了一时，是否换得了一生？经历过贫穷饥饿的那一代人，认为人生首要应该解决的是，从此再无面对贫穷饥饿的可能。可是，对如今从来没忍饥挨饿过的人，让他们放弃对情爱的追求，完全投入物质的怀抱，难免内心撕扯。

只是当她们面对自我心意的时候，也很难抛开父母的那些“人生智慧”。万一不幸如父母所言，怎么办？最难过的是，一旦信心不足的时候，这个念头就会不自觉地跳出来，让人纠结丛生。

在我的长辈中有一个人，当初想娶一个开发廊的女老板。20世纪90年代，思想老派的家里人都说："开发廊总归不是正经生意，这人恐怕也不太正经吧。"后来按照家里人的要求，娶了一个有稳定工作的。二十年后，他对我说："不幸福又能怎样呢？事已至此，孩子这么大了，如今只剩下责任。"

用责任来支撑着熬过二十年，我想，当下，已经没有多少人可以做到。但不得不说，在父母的经验里，有些确实至为真理：责任感比爱情，更能支撑人生走下去；物质确实能摧毁掉很多爱情。

与其说，我们真的信仰爱情，不如说，我们不过是延续着青春期的叛逆，既不肯承认父母所说，却也没有勇气去把人生当成练习题来做。

如果要说得更真切一些，**选爱情的，常常并不是真的信仰爱情，并且愿意为此信仰付出无尽的努力。更多的人，只是一种赌气，是未燃烧尽的叛逆终于烟花四射了一回，是最后一次消费殆尽那不肯死的青春梦。**

当我听到这个问题：选他，还是选父母。我想，喊着爱情的口号，去鼓励她勇敢按自己的内心选择，或许是不负责任的。就像，我总对有些姑娘说：或许，回家，比留在大城市更适合你。

从外人的角度，或许更能清楚地看到：他是否真的具备勇气，为自己的选择负责。因为，不那么肯负责任，才会有如此的纠结。而要人承认自己其实没有能力对自己负责，是很困难的。

有个朋友已经经历了一次失败的婚姻。现在她遇到一个她认为各方面都可以依赖的人，可是，她很清楚地知道，他的世界里远不止她一个女人，而且他也从来不肯斩钉截铁地给她承诺。这是她的人生终于能抛开父母来选择伴侣，可她不愿意承认，她选的这个人或许也是错的。

她问我："如何才能让他给我承诺呢？"

我问她："为什么一定要选择他呢？"

她说："他就是我想要的那种人啊。而且他有足够的经济能力。"

是的，他是你想要的那种人。可是你，是他想要的那种人吗？感情不是购物，你看到一件你特别喜欢的东西，你只要用能力购买，他就能成为你的。婚姻更不是，他对你有一些喜欢，只要他愿意给你一纸婚书，你们就能皆大欢喜。

抛开了父母的干涉，她拥有了自由，却并不懂得如何使用这自由。因为自由，必须要有足够能力，才能放光。她讨厌听从父母的安排，可是因为欠缺自我照顾的能力，她还是必须选择一个能足够照顾她的人，即使她明知，他并没有那么爱她。父母并不理解你想要什么，他们只能以他们的能力，给你做出最好的安排。尽管这安排，可能只负责安稳，并不负责梦想、爱情、灵魂。

如果你真的拥有全部的自由，你能妥善安置好自己的梦想、爱情、灵魂吗？

我也并不敢确定我可以做到，但我至少有勇气努力去做，这是我当初的想法。只有真正愿意为自己负责，并且努力去为自己负责，总能找到最后的尘埃落定。选爱情，还是选安稳，待在小城市，还是留在大城市，这都不过是人生路上的一个选择，并不是全部的选择。本着负责的态度，才有不悔，才有无恨。

他们说，**有一种人，嫁给谁都会幸福。这种人，自己负责了自己的大部分幸福，而旁人，面对她，都愿意选择锦上添花**。因为，所有人都更喜欢那种勇敢、自由、为自己负责的人，不是吗？

人生总是这样，屋漏偏逢连夜雨，船迟又遇打头风。不管怎样，不管选择什么，但愿我们都不要让自己变成那座漏雨的屋，那艘已经迟到的船。希望每一个人，都能让人生锦上添花。

30 岁的自在，
不害怕成为那个不一样的女人

一朋友见面就苦着脸说：最近肠胃不好，难受得很。我问她最近吃什么了，她不好意思地说：有个年轻男孩子追她，她认为他收入不高，就连吃了三顿肯德基。只是这么很小的一件事，我却终于明白了她仍然单身的原因。

我想对我的那位朋友说，你拒绝的不是他的追求，你拒绝的是世界给你的礼遇。一位美丽知性的30多岁的女人，为什么不值得这世界对她多一些停留和爱护？

他未必想要你，也未必只为了睡你。他愿意花掉半个月的工资和你约会，是因为你让他觉得，这世上还有这样不一样的女人。而你却用你的善良告诉他，你只值得一顿KFC，他只请得起KFC。你当然心有不甘，而他其实对自己更失望。

女人到了30岁，约会其实进入一个尴尬的境地。当然已不合适压马路逛公园，鞋跟太高，衣服娇贵；快餐店人声鼎沸，吵得头疼。西餐厅又太安静，客套话越说越想早点吃完走人；有趣的男人，心里疑窦，害怕油嘴滑舌不靠谱；

赤忱的男孩，却怕对方还不定性，自己空付出时间和热情；剩下那些低情商的，身家标准够了，自己又没法将就。

这就像年过三十，自觉身价应该配得起奢侈品，却无奈钱包羞涩。三楼淑女馆，太老气端庄都无趣，价格还不低。最后逛来逛去，只能夹在20岁姑娘里面，继续逛商场二楼青春少女品牌，却又没有了青春的肉体和面容。

我们向来习惯了把女人分为两类，要么少女，要么阿姨；要么单身，要么已婚。20岁可以白色蕾丝蓬蓬裙，可以超短热裤，可以紧身牛仔。过了30岁，不想扮嫩，更不想显老，竟然到了无衣服可穿。忽然一下就站在这种尴尬境地了，自己已真真切切不是少女，举目望去，曾经哭着喊着要娶她的旧情人已结婚生子，那个心心念念想嫁的人却不想娶她。

看《欲望都市》的时候，满眼都是打扮入时的纽约女郎。30岁多年轻啊。等自己去到了国外，终于体会到30岁女郎们的如鱼得水。最好看的衣服，性价比最高的衣服，都是为30岁女郎准备的。只要有份体面的工作，就买得起体面的衣服，享受得体的剪裁，穿得得体又性感。上班是风风火火的办公室女郎，下班外套一脱，就是秾纤合度的贴身裙子。

那真的是30岁女郎最好的时光，属于约会的好时光。有足够的阅历和男人愉快聊天，也足够享受年轻男孩爱慕的眼光。

在意大利，好的餐厅都是八点才开门。到了八点，女人们都穿着精致的高跟鞋，摇曳地走在路上，首饰华美，端着餐前酒，眼波流转，和对桌打扮得体的男士亲密地交头接耳。作为女人，身处那样的氛围里，内心都无比的振奋。终于到了一个年龄，各有各的美丽，各自得到各自的爱慕。能享受自己的美丽，也能享受他人的美丽，更享受停留在自己身上的眼光。

而到了我们这里，一过30岁，如果你还单身，所有人都会告诉你，这是你跳进婚姻的最后机会，不然再过几年，你就只能嫁给50岁老婆病逝的大叔。如果你已结婚生子，所有人都自动认为，你已不需要浪漫，更不需要被爱慕。

所以，我总是能看到许多二十七八岁的姑娘，身上已经没有了那股劲头，眼里没有了那种神采，远不如那些40岁风风火火的女人们。

是什么让她们觉得人生到了30岁，就好像已没有了太多奔头？是父母，是同事，是亲戚朋友，是都在晒娃的朋友圈，还是她们内心就放弃了自己，放弃了被这世界礼遇？

我是到了30岁，才觉得自己开始衬得起优雅这个词。才发现能驾驭得住各种颜色饱和浓郁的口红，而不是过往以为美得闪闪亮亮的唇彩。才发现能把风衣大衣穿得迎风而立，才发现每一天收拾妥当站在镜子前就准备走出去惊艳世界。

而今，我已经有了心仪的餐馆，既不奢侈，也不廉价。不是过分热闹，也不冷清。服务员既不太殷勤，也不太懒散。

我有心仪的香水，既不张扬，也不甜美。不浓也不淡，刚刚好地讨好自己，愉悦他人。

我有心仪的时装品牌，不过分性感，也不会死板单调。我到了能把黑白灰穿得最好看的年纪。优雅得体，是花朵刚刚绽放的姿态。

我有最爱的鞋跟高度，4.5厘米左右，既不太矮，也不太高。我不要摇摇欲坠，也不要低到尘埃。刚刚合适走恰当的距离而不磨脚。

我有我的交际、朋友圈，偶尔我也会放下孩子出去喝一杯，我需要闲暇学古琴练瑜伽。我的生活有很多不同色彩。

我的老闺蜜总说，你不一样，你没有那种朋友圈，也没有那种七大姑八大姨。我当然也有，只是多年视她们的话为耳旁风，她们反而习惯性接受了：我就是和她们不一样的人。

女人从什么时候开始高贵起来，就是从她不害怕成为那个不一样的女人开始。她把这种不一样修炼得得体而美丽，优雅而大方，她就成为那个无人可替代的她。在那个刚刚好的年纪里，她自然就会得到不一样的礼遇。她自然就能坦然接受，别人用专属的方式去对待她。

我在25岁的时候曾经写过，最好的年龄才刚刚开始，那个时候，我开始相信时光，相信世界，相信更好的一定会来。现在我走到今天，我觉得一切都是刚刚好，担得起不喜欢，更担得起喜欢。受得住否认，更受得住误解。不需要承诺，不需要把责任挂在嘴边，只是一句：我比从前更喜欢你了。

找到了一种面对世界的姿态，更找到了一种面对自己的姿态。还有什么理由活得不好呢？

冥想文

像个30岁女人那样去爱

十年前

想到30岁

内心如临大敌

那个时候

还不知道

30岁可以有多美

看到的都是仓皇

是比我们更迷茫的老师

是比我们更恐慌的父母

是捉襟见肘

是妥协

是被动

那个时候的世界

真小

后来世界

开始大了

我知道

人还可以活得不一样

可以优雅

可以从容

可以口吐莲花

可以走路生风

有一种美丽

是能让人心生期待的

我开始渴望

穿上那样的裙子

戴着那样的耳环

走上那样的路

十年的光阴啊

我的世界

又

由大变小

只穿那样的裙子

只戴那样的耳环

走上那样的路

原来美丽和美丽
也有不一样

原来美丽和美丽
总是一样的

我们都一样
穿 30 岁的裙子
扛着 30 岁的梦想
像 30 岁那样爱一个人
也像 30 岁那样被人爱着

最美妙的 30 岁

无非是

你已成为当初

那个

你喜欢过的人

你已成为当初

那个

你想成为的人

第三章

做一个昂贵的女人，让他用心追捧你

要什么完美

我身边会遇到很多被人羡慕的人。在别人眼里，他们已经过得很不错，他们自己也并不否认这一点。然而，他们竟然并没有像旁人想的那样快乐。不仅如此，他们常常对我说：像我这样，都不敢去抱怨。因为别人会说，你还有什么可抱怨的。

比起那些还在努力去拥有的人，他们已经更早地得到了好的工作、婚姻、孩子。上天的庇护和认可，却带来另一个时刻回响在内心的魔咒：**为什么生活不能更好一些。再多努力一点，就更加完美了啊**。

更要命的是，因为已经做到许多，他们认定那不过是再踮起脚尖就能做到的事。他们根本不允许自己做不到更好，也不允许对方做不到更好。通常的潜台词往往是这样：你明明还可以更好一点，你为什么要偷懒。

当类似这样的话不止一次出现在我耳边的时候，我问他们："为什么无法对自己满意呢？"他们说："因为害怕，害怕如果不那么努力，那一切有一天都可能失去。"

我突然想起，在我年少的时候，不管拿到什么样的成绩单，父母总会说：

“你再努力一点，你就可以再上升几名了。”考了第十名，他们会说：“再努力一点考进前五名啊。”等到前五名的时候，他们也只会说：“啊，你一定可以考到前三名。”

有一次，我考到年级第二，大院内人尽皆知。父母更是开心。但他们的结论却是：“再努力一点，年级第一也不是不可能嘛。”这句话令我害怕，从此，我再也没有过比那次更好的名次。这不过是我人生中一闪而过的一件小事，但当我遇到旁人被那些“我可以更好”而捆绑的时候，我竟然发现，我也是那个被同样捆绑的人。

成年后，父母已不能再对我贴身管束。我自己却早已接过父母的角色，把这些观念统统放在了自我的思维里。这次得到一点成绩，脑子里立马有个声音跳出来：是啊，你还可以做得更好。可是当我环顾四周，永远，永远都有更好的在眼前。我时常沮丧，优秀的人实在太多，我什么时候能够像那样。我从来看不到：我，其实已经真的很不错了。就是这样，许许多多在生活中拿到80分成绩单的人，根本不会去夸赞自己：我真棒，居然已经这么好了。因为他们的目光永远停留在那些拿到90分的人身上，他们永远清晰地看到自己得不到的那10分在哪里。

有很多80分的爱情，因为一方追求90分的爱情，而宣告结束。有很多80分的婚姻，因为一方追求90分的婚姻，而吵闹不止。

另一方已在她的要求下疲惫不堪，惊讶于，她在那一刻根本看不到别人已付出了许多，只是执着于追问：你明明可以更好，你为什么不去做。这明明是很小的一件事，我的要求并不过分，你为什么做不到呢。

是的，我们当下的要求或许真的很小，只是5分而已。可是，不要忘记了，那5分，是在他已做到80分，甚至是90分的基础上。什么是压死骆驼的最后一根稻草？这就是。

我们无形中正在制造那最后一根稻草，可是我们不知道。当下的偏执，让我们认为，那个要求再简单不过了。

“我只是想要一个七夕礼物而已，为什么他不能提早准备呢！”

“我只是想要他多和我沟通而已，为什么他又躲进了玄幻小说里呢！”

“我只是想要他多花一点时间带孩子，为什么他就不能像别的爸爸那样呢！”

当这些执念发生的时候，我们已经忘记了，他做到的有多少。他其实刚刚在上个月陪你逛街，送你一条多么好的裙子。他那一天已经在办公室与客户缠斗许久，在回来的路上，他已做了许久的心理建设，才把情绪压下来，回家假装什么也没发生过。他每一次想和孩子用他的方式玩耍的时候，你就会跳出来指责他：怎么可以这样，这样是不行的。

我喜欢的一个演讲节目，有一篇演讲叫作《女人是最佳辩手》。里面说，因为女人根本不是辩手，而是裁判。这句话令所有的评委都笑了。其实，**现实中，每一个正在追求完美的人，都很容易变成裁判。因为眼里只有规则和目**

标，而失去了柔软与温暖，变得生硬冷酷。

这样听起来，我似乎是在批判每一个像我这样热衷追求“更好”的人。不。对于那些不曾有过这样体验的人来说，他们会讨厌这种得理不饶人的人。这些人或许是他们的上司、父母、爱人、伴侣。

只有当你自己身为这样的人，你才懂得：之所以在那一刻忘我的挑剔，是因为，你从来就是这样对待自己的。我从来就是这样对待我的。

自己永远可以放在最后。所以，不会认为同样的要求对于他人是过分的；自己永远不曾对自己满意。所以，以为全天下的人都应该努力做到更好；自己永远更擅长看到他人的优点。所以，以为他人眼中的自己还可以更优秀。**因为不懂得放过自己，所以当然不会懂得放过他人。**

是从什么时候开始呢？大概就是听多了那句“你还可以更好”开始。直到有一天，连父母都不再挑剔我要求我，惊讶于我远远超出他们期望的时候，我还在挑剔自己挑剔他人。

对有的人来说，他们太擅长放过自己。可对像我们这样的人来说，更擅长不放过自己。

有一天，我们谈到这个话题的时候，我的朋友恍如大悟地说：我真对不起我的先生，我竟然给了他如此大的压力。我望着她的眼睛说：不，亲爱的，你真正对不起的人，是你自己。她的眼泪瞬间流了下来。

要想放过他人，唯有先放过自己。

为什么你总会觉得，你那么委屈，你无人懂得。因为在这个世界上，对你最苛刻的人，不是别人，就是你自己。你总是在给自己不停制造那最后一根稻草，因为你觉得，你还可以承受，那不过是多一点点的压力嘛。你忘记了，你已经背负着许多许多。

贪心的人，如若觉得那是贪心，也不至于那般无厌了。因为觉得一切应得，所以贪得无厌。完美主义者，如若觉得那是完美，也不至于那般偏执了。因为觉得那只是90分而已，甚至只是达标而已，所以成为偏执狂。

贪心的人，更被贪心所伤。完美的人，更被完美所累。优秀的人，更被优秀所困。所以看似80分的感情，更容易分崩离析。看似80分的生活，也更容易逼死一个人。

既然已经这么好，那就做到更好。年少成名、超越自我，都是最难的命运。平庸很难逼死一个人，但超越可以做到这个效果。

我庆幸，我是到了今天才开始成为现在的我。

让我在得到之后，还能够看清自我的偏执与贪心。**要什么完美，其实我已经很好，不用刻意追求什么，自然就会更好。**

对爱情悲观，

更容易华丽转身

这世上有很多自以为懦弱又害羞的姑娘，她们以为自己很内向。究其原因，并不是真的性格害羞内向。

所谓的懦弱害羞，多半是在成长过程中，极少有机会去主动得到，主动争抢。大人会用诸如谦虚、乖巧这样的词，一步步削弱她们的竞争意识。她们就慢慢开始被害怕争吵害怕争抢的思维困住。

这样的姑娘，往往一旦爱，就是深爱。因为她们已习惯了被动等待，用各种面具武装自己，只想等着人来拆穿那层面具。她们内心热情而丰富，只是欠缺一个付出对象。所以，一旦有人主动，三分热情已经足够勾起她们的十分热爱，天雷地火，撒开了去爱。

可惜，情深往往失控。情深的结局总难如人愿。而这其中最痛的是，对方先你之前决定结束。

对于那些一直被无理由宠爱的孩子来说，分手，不过意味着分手而已，与其他都毫无关系。分手，是不合适，是大家各自另有追求，换一个就好了。他们并不需要用恋爱这件事来论证自己值得爱，同样就不会用分手这件事来证明自己“不值得爱”。

分手意味着恢复自由身，意味着另一个开始，意味着它重新又面对着整片森林了。当他们觉得已经用足够的时间哀悼悲痛以后，他们就又开始积极在恋爱森林里寻觅下一场遇见。

可是对于被动的人而言，被别人选择开始，又被别人选择结束，简直就像拿到一张满是红叉的试卷，心情就像被老师点名不及格时一样，感觉羞耻，停不下来地自我责备和自我反省。伤痛伴随着这样的自我反省，久久不能愈合。

有人一定觉得，第一种人真幸运，爱情对他们造成的伤痛，没有那么重，真好。

可我真的不后悔自己是第二种，是那种会痛很久的人。在感情的世界里，悲观的那个人，会比乐观的人，更容易看清生活的苦难，并且承受得住更大的苦难。有一天，你终将了解到，这种被动，是出自于内心的天真，而不是你不值得被爱。

当你从苦难中跋涉出来，开始决定掌握人生的主动，这正是一个女人华丽转身的开始。

这似乎就是一种宿命。人生的绝大多数答案都是包裹在痛苦里，而不是包裹在快乐里。

第一种人在恋爱里享受爱情带来的欲望满足，她们很难爱别人超过爱自己。她们也很难和别人建立更深层的联结和关系。那是一种真正的孤独。爱得越多，越不能相信爱，越不会再相信爱。

第二种人在恋爱里，看到的是自己身上的缺失，深切感受这种缺失带来的极大冲击。要直面这样的缺失，很难，很痛。但这是走向完整人格的必经过程。只有走出这个过程的人，才能真正有勇气和一个人建立更深层更亲密的关系。这种深层亲密的关系，是相携到老的必需，是面对婚姻的基石。

因为总是在爱情里照见自己的不足，所以，每一次离散，在痛哭之后，总要问一问自己，到底是哪里不够好。于是，就这样慢慢越来越好。

因为总是更能清楚看到自己的缺点，所以，总是不忍心怪罪每一个曾经相遇的人。于是，心中没有怨恨，面容里多的只有柔软和恩慈。

因为被动，因为悲观，在情感世界的开头，好像拿着一手烂牌。

这一手烂牌，容易错过很多华丽的剧情，浪漫的邂逅。结果收获的都是真正信任你、爱你的人，因为他们见过最糟的你，所以往后的你，总是更好的。你从不担心他们会因为看到你的姿态不够完美而离开你。

就是这一手烂牌，让人一直保有那份勇气，也让人从不怪罪于爱情或者男人。就这样坚持着，也不知道是从哪一天，坏运气好像就开始离开我了。我看看手里握着的牌，摸得每一张都比我以为的更好。

我想，没有比这更好地华丽转身了。

冥想文

相信爱比得到爱更重要

深夜里

有一个问题无数次浮现

这一生

是不是注定

不会再有那种相遇

我不知道

上天也没有回答

可我看到的

总是一场场的失去

今天的云朵

明天就被雾霾遮住

大风吹过

花儿们

各奔东西散落在天涯

我把眼光放在失去

只发现了更多失去

失去总比得到的更多

她们说怎么会呢

你这么好

我真的有那么好吗?

当这个问题代替那个问题

深夜里无数次浮现

才发现

相遇总是因为我的好而来临

却总是因为我不相信那份好而终结

才发现

我失去的只是时间和空间

我从来没有失去过我自己

如果

我的眼光放在相信

就会发现我一直在得到

得到赞美得到信任

原来我是最不相信

自己会幸福的那个人

原来我是最不相信

自己很好的那个人

你的眼睛

总要先有相信

才会看见

你的那颗心

总要先有相信

才会得到

真正的爱情，
往往门不当户不对

我自己家的表妹，谈了一个男朋友，她父亲拼命反对，不惜在电话里多次教训她。原因不是男朋友不好，而是男朋友家境太好了，“有钱的男人，没有几个好的”“你傻傻的，小心被骗了”。

听多了她爹的洗脑，她默默问我：是不是这样门不当户不对的爱情，最终都不会有好结果的?

我却觉得，**门当户对，真的过时了**。在我眼里，我见过的很多幸福伴侣，都不是门当户对的。反而很多门当户对，都是在将就父母的价值观，结婚就是为了让双方父母满意。

当我们嘴上说着不将就的时候，你真的做到了不将就吗?

很多看起来干练的都市姑娘，努力在形象上改头换面，但内心却已习惯自卑，习惯了朋友总是那么几个，生活总是那样过着，着装还是那样的风格，连看男人也还是老眼光。

我认识一个姑娘，长相甜美，工作努力，有不少优秀的男士尝试约她。我们都鼓励她，接受约会。可她却跟我们说：这种应该都不是认真的。而且我也hold不住那样优秀的男人，看起来比较花心。

我问她，为什么不敢和优秀的人做朋友。她说，因为害怕别人笑话她，也害怕一说话，别人就发现她的缺点。

城市里有许多这样，虽然身在大城市，心却还是那个小城姑娘，内心总是不自在，不能在人群中泰然自处。

她的人生，不敢升级。不敢尝试，牢牢缩在旧的壳子里。

她所谓的不将就，也不过是在旧的圈子里找一个及格的伴侣，她不敢真正去挑战自己的人生，不敢逼自己去优秀一回。

之所以越来越多的人，强调门当户对，往往是因为他们都抵挡不住来自父母的压力。奇怪的是，我看到许多特别强调门当户对的父母，往往自己的婚姻就不幸福。而很多关系融洽的家庭，有见识的父母，却并不在婚恋问题上过多干涉孩子。

所以，这本身就是一个矛盾。那么多自己婚姻都经营不好的父母，完全OUT的老一辈，却试图以“我比你多活了几十年”，就来对下一代指手画脚。这种婚姻，已不像婚姻，更像交易。

我在单身的时候，我妈跟我说：只要他人品好、自己能吃苦奋斗、对你好，就行。房子我们都可以支持你们。

所以，门当户对，这个概念，本身就是因人而异的。

每个人看中的都不一样，各人的潜能也不同，怎么能以门当户对作为首要考量标准呢？

当你相信门当户对才能有合适的婚姻，很可能——你眼里的门当户对，不是别人眼里的门当户对。

另一个小城姑娘，长相美能力佳，找了一个男朋友，论条件，我们都认为是门当户对，可对方父母竟然认为：她不是研究生文凭，配不上她们的儿子。

你觉得条件差不多，人家还看不上你呢。不是你不够好，而是他们太势利。正是因为太多这样的父母，才有了如今扭曲的门当户对观念。

这世上有很多家境并不优越的父母，对自己的儿子有着神一般的自信。这样的门户，真的不要去“高攀”。

这世上有很多没见过世面的父母，认为自己优秀的女儿，快过保质期了。可是，我们又不是食品！**你那么好，那么努力，为什么偏偏在遇见男人的时候，底气全无？**

如果你相信他们的门户观念，如果你真想按照他们的价值观去生活，那当初是什么，让你努力逃离他们，是什么让你不愿意回到小城生活呢？难道学了更多、懂了更多之后，你只是绕了一圈，心甘情愿承认：他们说得对！不是他们太强大，而是你的内心没有反驳这种扭曲价值观的勇气。

一个男人是不是自卑，是不是上进，是不是善良，是不是爱惜家庭，是不是尊重女性，这些远比他的出身门户，更重要！

能支撑婚姻走得更远的，一定不是所谓的门当户对，而是两个人是不是互相欣赏、互相扶持，这样的爱情走向婚姻，即使不符合世俗规则，一样能把日子过得越来越好。

我曾经认识一个美容院的经理，她自己初中毕业，出身农村。老公大学毕业，又高又帅，家境也好。她说，两个人认识的时候，她觉得自己没读过什么书，怕两个人没法交流。结果，他非她不娶。我时常在很晚的时候，看到她先生带着孩子，默默等她下班。

作为一个顾客，我真的很欣赏她的上进和贴心，总是能第一眼看到顾客的状态，建议你今天做什么样的疗程。而且总是能有美容新知识和客户们分享。后来，我听说她自己去开店了，生意非常好，又生了一个宝宝。

我想，这样的女人，她的先生不会觉得她是高攀，反而觉得，是他捡到宝了。

姑娘，不是没有人能配得上你的努力，而是你的心里，缺乏一股底气。做人，有时候，靠的是那一股气势。

那股气势是：你要相信，这个城市能容得下那么多人的梦想和爱情，也一定能容得下你的。

你要相信，命运塞给你的，或许不是你想要的人生。你不是自己希望长成的那一类。可你也会找到那个能发现你闪光点的男人。

最后说一下，今年我参加了表妹的婚礼，还是那个男友，他们的坚持，特别是男友的坚持，让她父亲愿意放下成见，放心地同意了他们的婚事。

人生当然不是偶像剧，没有那么多高富帅。可如果你明明值得拥有80分的人生，为什么要让自己去过60分的人生呢？

一个小城姑娘，或许要花许多年，才真的有一种“我属于这个城市”的自信。要花许多年，才真的有那种“我真的很不错”的自信。

但这不就是活着的意义吗？

从你离开小城的那天起，你不就是想活得和周围的人不一样吗？而当你开始相信自己的那一刻，好运气往往就真的来了。

做一个昂贵的女人，让他用心追捧你

每当过节，到处都是各种教导女人如何向男人要礼物的技术帖。显然，这说明大部分中国男人们太不懂得如何讨好女人，于是教育男人讨好自己竟然变成了“情感必需问题”。

可是，当你在其中找寻哪个实用的时候，是否有想过，你被这种思维绑架了——礼物突然变成衡量一个女人价值的标准，更是衡量一段感情的标准。

很多女人都羡慕西方男人骨子里的浪漫，埋怨中国男人为什么这么呆，这么懒。却看不到，维系东方感情和西方感情的价值标准本来就不一样。

在《欲望都市》里，萨曼莎在分手的时候，一脸骄傲地把几万美金的钻石花还给男友。再高昂的礼物，在她的爱情观里，那也是赠予，不是她理所应当得到的。而这朵钻石花正是来自另一段赠予的感情。纽约名媛某一日发现，她再也打不开男友豪宅的大门，他已另有新欢，她被直接驱逐出门。原以为早就是名义上的夫人，仔细一看，除了那些赠送的珠宝，竟然与他毫无任何瓜葛。

有钻石花，有爱情，但他的是他的，你的是你的。有关系，无责任。说转身就转身了。有爱情，无义务，说拜拜就拜拜了。这种礼物文化，更多是基于两个人之间并没有很深的经济关联，各有各的事业，财产分开，收支分开，账单分开。

但如果是婚姻，**对大多数东方女人而言，她们求的是责任，要的是你的是我的，我的还是我的。这本身就是一种超越爱情的关系，所以会累、会重，会很难得到更轻盈的浪漫快感。**

没有浪漫，只是小失落。缺乏那份直接拿卡去刷的底气和信心，才是心底真正的大失落。所以，我想对姑娘们说的是，不要陷入对别人的盲目羡慕当中，更永不要低估自己在感情中的价值。

我时常听到姑娘抱怨：买这点东西，还嫌我买得太贵。比起谁谁谁，我已经够节省了。不是你买得太贵，而是因为你真的塑造了一个这样的女性形象：安于低价值的生活和物品、除了他之外没有更好的感情选择、死心塌地、不能奢侈。

你让他觉得——在他心里，你不值得这么好的东西，这些已经超出你所匹配的价值。**你在对方心中价值几何？这才是感情一到节假日变得那么戳心的原因。**你那么好，可是为什么他连几百块都不舍得给你花？

问问自己，你是否从不敢告诉他你真正喜欢的、想过的生活是什么？你是否内心一样认为，你所想要的生活是奢侈的。你是否在他摆出无所谓样子的时候，连指责反驳的勇气都没有，因为你自己也相信，你匹配不了那更好的礼物。

那么，该如何才能成为更昂贵的自己？

都市女性的人生是永远有一套备份A计划，然后，惊喜就成了锦上添花的B计划。更重要的是，在你心里，你要有一个自己的增值计划，让自己能够稳步增值。

2015年的最后一天，我发了一条朋友圈：今年最大的成绩是，成功瘦身30斤。我从产后的穿XL码衣服，到现在重新回归到M码。我的朋友们问："你是怎么可以做到见一次瘦一次，如此稳步地瘦回来，没有反弹？"

原因很简单，因为我没有暴饮暴食的理由，因为我不需要靠吃来宣泄情绪，因为我的身体决定了要享受轻盈一点的感觉。因为我知道，我可以，我值得更美好的一种状态，没有怀疑，没有徘徊。我知道，我拥有我自己的身体，不会被欲望所打败。

这世界上永远不缺减肥的方式，只看你是否决心要去做到。

2014年，我的决定是，非常纯粹地做好母亲这个角色，陪伴孩子，给他能拥有一生的安全感。2015年，我的决定是，开启我自己的增值计划，这是我决意爱自己的方式。我每个月从杭州飞深圳上课，完成了半年的身心灵课程。

怎么去实现自我增值？就是去做那件，你最想完成的事情，然后好好做到，尽力做到最好。这件事，与家人无关，与旁人的期待无关，只与自己有关，只为自己的这个期望负责。

可是，

你们没有在一起

你是否也有一个放在心头无法忘记的人？似乎一转头，他就在那个街角对着你微笑。心里藏着一个这样的人，这真是人生最大的不幸，也是最大的幸运。

这世上有很多分手后仍在怀念对方的人。他们几乎都问过我：分手后还能继续做好朋友吗，还是应该斩钉截铁断了一切联系？

有个姑娘在分手多年后，收到前男友打来的电话，断然按掉。她按得掉电话，却按不住自己那颗已泛起涟漪的心。她说：“我仍然爱他，即使我清楚，我爱的可能只是过去的他，是我心里的那个他。这也是我至今依然单身的原因。”

明知道不能在一起，却依然放不下这个人，一定是因为：你对于他，还有梦没有做完。你心里对于他还有许多许多的“假如”。

假如当年我们坚持不分手，我们现在可能还在一起吧？

假如当年我可以不那么骄傲，不那么无理取闹，他不会离开我吧？

假如当年不是我放弃，他怎么会娶一个那样的女人呢？

假如当年我们还在一起，他不会婚姻失败，我也不会单身至今吧？

“假如”真的是一个强大的词汇，比后悔更具魔力。因为它能占用内心更多的空间和能量。后悔总是苦的，假如，却可以在你的心里产生出许多甜蜜的泡沫，虽然，你明知它是虚幻的，会瞬间破灭。

那些把梦都做完了的，那些藕断丝连到反目成仇的，那些彼此折磨到再也不愿意继续的，都不会再心存假如，放下了，连有没有告别都不再介意。

那些心里还有许多假如的人，是不愿意承认——你们终究没有在一起。

我问那个姑娘：“你为什么不接电话呢？”她回答：“他现在有女人，为什么要来找我呢？我也是有自尊的。”

我想，她怕的是，接了电话，他说的恐怕不是她想听的。她怕心底里的那份假如，破灭了。她沉默了一会儿，告诉我说：“你说得对。”真正的原因是，她不想知道真正的答案，害怕面对那个答案。只要答案不揭晓，就可以永远保存住那些关于假如的内心戏。

后来那个姑娘终于鼓起勇气接了电话，原来并不是像她想的，他既不是打来叙旧，也不是打来道歉，居然是因为他只想诉个苦，逃个婚，找她扮演一个知心姐姐。

她终于彻底死心了，做回一枚闪亮的单身女郎，寻觅她的下一个良人。

我们会错爱，爱错一个人，令人受伤，令人失去再爱的勇气。我们会错过，错过一个人，令人遗憾，今生似乎再也无法得到圆满。

如果你已经心中藏着一份深深的假如，不要让这份假如变成一个魔咒，变

成那个阻碍你去体会当下的魔咒。

如果你被这个魔咒深深地困住，那么，鼓起勇气去找到那个答案——

他真的还爱你？他真的像你以为的那么爱你？

没有他，此生你就不再有幸福的机会了？

你为什么不愿意承认，他其实是你世界的逃兵？

你为什么不愿看清，他其实并不想为你负责。

太多时候，其实女人只是需要那个人说一句：当年，是我对不起你。或者说一句：你现在过得好吗？然后在心底泪流满面后，放下。

更多时候，女人只是需要去好好看一看当年发生了什么，如今的他又是什么样子。但是她们都不敢面对现实，于是，宁愿以为过去的自己更幸福，然后一厢情愿在脑子里美化过去的那段感情。

好姑娘应该像个斗士一般，好好为每一份爱负责。好姑娘更应该好好为每一份爱做一个清楚的收尾，不残留疑问，不拖泥带水，不留下悔恨。

十年后，能堂堂正正在心里说一句：此生，爱过，无悔，没有假如。

十年后，我已经可以对所有的过客们平心静气地说一句：谢谢你，曾来过我的世界。

最好的那个自己，
你用完了吗

在几天之内，连着看到好几个朋友都分享了这句话——“我们遗憾的并不是错过了最好的人，而是遇到再好的人，却已经把最好的自己用完了。”这句话，瞬间让我想到了很多年前的自己。

人在遭遇一次创伤后，很容易将自己包裹起来，避开同样的境遇。可是，在情感世界里，有多少人都是一错再错，而且都被同样的石头绊倒，掉在相同的坑里。对于此，大多数人会认为，他们之所以犯下这样低级的错误，原因是太赤诚、太不防备、太投入。而这样的赤诚、无防备、投入，被他们认为是“最好的自己”。

太多人握着自己拥有的，却坚定地认为那个业已失去的是最好的。

我见过很多姑娘，单身的时候，潇洒美丽，生活丰富。每年都有安排好的旅行，每周有固定的闺蜜聚会。屋子整洁，季季购入新装，整个一摩登女郎。可一旦尘埃落定之后，不再描眉画唇，不再精心装扮，再也不关注当季最流行的颜色、手包、高跟鞋。购物清单里更多的是孩子、先生、老人的物品。旅行当然再不可能说走就走，情绪失落的时候，不能再泡咖啡馆酒吧，和朋友一醉方休。

然而，我问她们，后悔吗？后悔嫁给那个男人，后悔生下那个孩子吗？为什么当初非要心心念念，着魔般地走入婚姻，回归家庭？

她们怎敢说后悔，又怎敢提后悔。一切皆由自己所选。当初承受不了一夜夜的孤寂，如今承受不了一日日的嘈杂，说出去，人生怎么看都变成了笑话。

不是生活消磨掉了“最好的”，也不是时运弄人。而是，当年当然好，只需谈谈情，说说爱。一切皆是易得，紧致的皮肤，无穷的精力，跳舞跳到天明，情话说到身心颤抖。说分手就能即刻转身，不用拖家带口。没有账单贷款等着你支付，逾期就会有人来催款。

那样的“最好”，是抽了真空的玻璃瓶，是太阳底下的玻璃珠，是不真实的，是被时光镀上了金光的。转头，被时光打回原形，那些撑不住的人，只好拿当年来借题发挥，因为“最好的自己”已经用完了。

在见过许许多多不同的情感故事之后，我发现，这世上永远有两类人。一类，永不停止地悼念着“最好的自己”。在午夜的酒吧，他们会述说当年关于“最好的自己”的故事；在自私懦弱时，他们会说，都是因为“最好的自己”已经被破坏殆尽；在心狠绝情时，他们会说，谁叫你已经错过了我“最好的时刻”。

另一类，绝口不提当年的那些事，他们似乎有无穷的精力去追求更好的人生、更好的爱情。他们绝不会给自己的人生早早下定论，因为结果永远会被自己超越，战果永远会被自己再次刷新。他们像不羁的风，不知道什么时候才会真正停留下来，也不知道什么时候他们就会决定踏上新的征程。他们时时刻刻都是“最好的自己”。

最好的自己与最好的爱情，从来不相关。

在我心里，最好的自己，永远都在路上。最好的爱情，永远都在当下。我的好，不是爱情来赋予给我的。我怀念的爱情，是那某一刻的动心起念，不是非要与永恒做伴的爱情。

那些好拿当年来借题发挥的人，他们丢掉的不是最好的自己，他们丢失的是热情、是相信、是爱的能力，得到的是对现状越来越无能为力的自己。

当你心里出现“最好的自己”已经用完这个念头的时候，恐怕悲伤的不是难遇到更好的人，而是，你很难再遇到更好的自己了。

爱情的预设方式

很多人遇到可能会发展的异性，总想问对方这两个问题：你谈过几段恋爱？你们是怎么分手的？

据说，这两个问题的标准答案是：两段，第一段他不爱我，第二段我不爱他。为什么分手的标准答案是：性格不合。

为什么会有这个标准答案？因为问的人心里太容易藏着道德评判：一个人，应该从一而终，才是值得信赖的。如果不能，那一定是因为无法克服的原因才可以，否则，则有滥情嫌疑。

但如果你是被评判的那一方，你自然知道，谈过几段恋爱，那是我自己的事，与你何干。可人们总是这样，**未曾经历过的人，难以将心比心**。她们会挖空心思去打探关于对方前任的一切信息，当然也一定会去做另外一件事——挖空心思去证明，我才是他的最爱。

这注定是纠结的。他因为前任而难过，你害怕他旧情难忘；他轻描淡写一笔带过，你怀疑他不在乎爱情；他对前任无情，你害怕他也会对你狠心；他对前任关心，你又怕他旧情复燃。

你的心中同时驻扎着道德圣母与自我情欲，最终的结果，一定是你自己败给自己。

任何真心爱过的人，都会因分手而难过。无论男女，都会流泪，都会想念前任，会辗转反侧。无论男女，都要与过去作战，与情绪拉扯，难以忘怀曾经付出的一切。

恋爱次数的多少，与用情深浅并不关联。那些很难爱上的人，很可能是天生凉薄，也可能是有极强的自我保护欲望。而那些频繁恋爱的人，未必是滥情，只不过天性复原能力太强，可以在每一段感情里都尽心投入，对每一个都是真心。

他有过几个前任，事实上，都与你无关，那是他自己需要处理的部分。他因何和前任分手，也都是他和其他人的事，甲之蜜糖，乙之砒霜，并不一定会复制到你身上。

真正与你有关的只有一件事：当你遇上他的时候，他是否还具备爱的能力。

如果他在过往的经历中，已经不再相信爱情，失去了爱的能力。那么，不管你是谁，你如何付出，你的圣母心，除了满足自己的救赎心理，只会一无所获。幻想他为你改变，为你感动，只会让他更加肆无忌惮地滥用你的付出。

如果他还愿意相信爱情，愿意真心付出，那么，你们之间的感情，唯有你和他而已。

人是特别容易在感情里塑造出一个假想敌的，特别是当你知道了他过去的故事后，你很难说服自己，你是他的唯一。成年人的感情里，总会有几个旧爱。你对他没有信心，只有一个原因——你对自己没信心。

当你没信心的时候，你会拼命想让对方给你这种信心，折腾得对方精疲力竭。更令人难过的是，你可能并不是真的没有自信，恰恰是因为太在意才失去了自信。

当你心中不够自信，当你很想去证明的时候，你心里就是已经预设好了一个标准答案的。当他的回答，不符合这个答案的时候，你就会失落、委屈、难过。你以为这就是不够爱，如果他爱你，他就会说出你心里的答案。

人总是热衷预设一个答案，来证明和对方心意相通。可谁也不能缩小跑到对方的心上去望一望。多数时候，其实他连这个问题对你很重要都不知道。他嬉皮笑脸，他故意逗你，又或者他那刻根本没有心情回答。主宰这一切结果的，往往不是心意相通，而是机缘巧合。

当你失望，当你验证了怀疑是对的，你更加再难信任彼此。

我一度后悔，我不该看他给前任写的情书，因为我把这一切变成了预设答案。总会想，为什么他对我，不能像他对前任那样。直到有一天，他对我说："难道你对我，和对你的前任都是一样的吗？"当他用我问他的问题来问我的时候，我才发现，我心中浮现出的声音是：你这不是无理取闹吗。

所以，当我回过头来看这些。我知道，所有的预设，所有的假想敌，与第三者都无任何关系，只是因为你太想得到证明：他现在是爱你的。

直到后来有一天回想，你才觉得可笑，当初那么怨恨他的前任，那些对他前任的风声鹤唳，事实上都是自己一步步把他推向了她。因为，你总是想用过去来证明他的现在，时刻提醒着他的过去，让他一步步倒退回到过去的状态里，忽视了他当下的每一刻付出。

他选择你，正是因为，他不想活在过去里，而是努力试图走向未来的。可你忘记了，此时此刻，他选择的是你。你忘记了，当下这一刻，你们在一起，已经是一种证明了，根本无须你再耗费力气去证明，弄得彼此都精疲力竭。

所以我总建议我的朋友们：如果你知道自己内心不够强大，那么，至少懂得拒绝。拒绝听他过去的故事，拒绝那些影响你判断的过去，拒绝去寻找他过去的踪迹。用你的心去判断现在的他，而非过去的他。

如果想要未来，那么，请确保，此刻，你们都活在你们的当下，才有可能携手走向你们的未来。

预设过去，就会活在过去。预设未来，就会走向未来。

越深爱，
越无需道别

爱情在离散的时候，是否需要交代清楚决定分开的来龙去脉？是否需要长亭外古道边执手相看泪眼？是否需要最后一次再肯定地说一句“爱过”？

如果没有如上那样，是否就不算好好道别过，是否就会心有遗憾永不释怀？

曾经有个男孩跟我说，他和女友分手后，还约定一起在丽江相见，来一次分手旅行。分手后，他还不愿意完全退出对方的人生舞台中，所以，这所谓的分手旅行并不潇洒，更像是一次孤注一掷的挽回。

当然，更多时候，不甘心退出的往往是女方。女人显然更容易对感情有执念，她们天生很难分辨“是爱还是习惯”，一旦面临习惯被迫更改，很容易陷入情绪崩溃，继而执念丛生，不愿意潇洒转身。

我不是没有执念丛生过。那是我人生中最痛苦的几年时光，生活已然行进在新的路上，一颗心却还是旧的，这种错乱，令内心扭曲，无法好好开始新的自己。

当我走出来，我成为一个坚定相信“爱情其实无需道别”。因为越深爱，越是很难跨越那些联结，每一个微小的风吹草动都足以让你沉浸在回忆里伤心得不能自拔。他比你过得好，你不甘。他过得不如你，你心疼。你若是野草，他简直就是春风。一点气息飘过来，你的内心就抑制不住的疯长。

反过来，如果是对方更深爱你，那你不放手的种种举动，又何尝不是一次次的伤害，一次次打碎他尝试新人生的意图？当然，也有人说，他此生最爱的人，必须是我。于是她们一次次去验证，他是不是最爱她，直到话都说尽，直到两败俱伤不想说再见。

如果你真的希望，他永远记住你，那么，就应该突然消失，不要告别，不留一点痕迹。那么，他永远心中有疑问，有未曾说出口的话。

女友问我：你是否觉得，不曾好好道别过呢？我好好想了几分钟，突然意识到，我竟然已经许久没有想过这个问题。这是从什么时候开始发生的呢？

我想，是从我不再怀念过去的自己开始。

对于许多人而言，你怀念一个人，怀念一段感情，是因为怀念当时的自己，你怀念当时奋不顾身的自己，你怀念当时笑得那么忘我的自己，你也怀念有情饮水饱的自己。

每当你对如今的自己不够满意时，你自然会想到过去的自己，于是，想到停在那一年记忆里的他，也想到那一年的一切灯红酒绿、莺歌燕舞、呢哝软语。

你最爱当年的那个自己，你当然最爱的一定是当年爱过那个自己的他。不管他是好的还是坏的，都是永远不能再重来的，所以一切坏的都也变成了唯一，一切好的都更加铭记。

对我来说，**我衡量人生每个阶段的尺子，早已不是谁谁谁，只是我自己是否成长了而已**。如果每个人都在心底默默地给自己的人生路做着标记，那么，我也不再把来时路上的路标写着——某一年，我和谁在此做过什么。某一年，他曾对我承诺过什么。某一年，谁曾答应我什么。我的路标，只与我自己有关。这一路，我爱过、哭过、笑过、失望过、灰心过，我的终点却永远是一个更好的自己。

曾经，我总觉得，我和我的内心隔着三米远，她就站在那儿，直愣愣地看着我，让我无尽羞愧、无尽纠结，总在怀疑总在忧虑。其实，那并不是我真正的内心，那是过去的我，是我习惯的那个旧的我，是我对自己下的旧的定义，是我不敢面对新的人生时制造出的一个“我”。

于是，我学会，好好和她道别，告诉她：我即将去向一个新的自己了，我会把你留在我的文字里，我不会再带你继续上路了。

从此，我最爱的，永远是那个新的我。我也不再执念于那些“错”。

何谓错，左手是利器，右手是昔日，合起来昔日幻化出来放在心口的一把刀。因此，道别是错，不道别也是错。

不要纠结与到底是谁对谁错，不要再一遍遍追问自己，我到底做错了什么才导致分离。所有的一切，谁不是心知肚明，只是非要听对方亲口说出那句而已，才觉得捞回颜面。

他是不是最爱我，他是不是还爱着我，对我来说，一点都不重要了。

如果注定遗憾，好好道别，只是无济于事。

我心里的话，都已经说给自己听了。我该说的话，我想，我已经早就都说给你听了。如果你觉得没有说完，那不过是，你忘了。

他也曾问过我，假如我们分开，你会想我吗？当然，我会，但是我不会再让你知道。人生短暂，我们都不要耽误彼此继续上路。

有的人会问，如果我们真的是彼此的真爱呢？如果真的是，那么更需要给彼此时间和空间，让我们想想清楚，是否真的这一生，不是你，我也不想再爱其他任何人。

而其实，我内心从来不做那种假设。因为，**我不相信任何一个深爱我的人，会让我走。**

好的婚姻
是“养”出来的

来杭州之后，总会遇到一些清净的小店。

客人不多。进店之后，店员也不急着招呼你买东西，反而邀请你先来喝杯茶。看着店员烧水，洗茶杯，泡茶，洗茶，倒茶，不急不躁的，倒有些替她们担心，难道不怕耽误业绩吗？她们说：好的店，和顾客总得先有一杯茶的情谊。

后来又遇到很多面目平和的店主，开瓷器的，串珠子的，对待顾客倒更像你是那个串门的隔壁邻居。

起初，习惯了深圳那种热络推销氛围的我，真的很是不习惯。难道是我看起来不像好顾客吗，还是他们真的太傲慢了。

直到一个朋友跟我说了一句话，他说，一家好的店，是要养出来的。任何好的东西，也是要养的。

仔细想想，忽然就明白了。

如果你要做流水的生意，就应该选繁华地段的热闹门面，人来人往，浮华烦躁，只有热情的推销能笼络住陌生的客人。她可能买得高兴，但也很可能回去就恼怒，从此再也不光顾。这是一种活法。

可如果你要养一家自己的店，你就可以选一个自己喜欢的地方，慢慢布置，慢慢收拾，客人或许总是那么一些人，但每次去都觉得有新意。喝一杯茶，聊一聊，从陌生到熟悉，从熟悉到知音。谈笑有鸿儒，往来有白丁。这是另一种活法。

只是现在大部分的人，都以为只有前一种活法，才能活得足够好，才能活得足够成功。所以人们也就慢慢失去了耐心，不再愿意等候，不再愿意相信时间。所以婚姻和爱情也开始有了一种完全“利我”的选择倾向。

有的人都希望她们的婚姻，就像热闹的连锁品牌一样，虽然拥挤，但每天都有进账，只要善于管理和控制，就是稳妥的生意。所以花尽心思和精力，把自己变得比男人更精明、更睿智，把一切情感付出都看成是投资，即便最后没有人，至少还有投资回报。

也有人希望她们的婚姻，就像霓虹闪亮的奢侈品店，永远维持奢华的傲娇派头，好像天生她就应该属于那样位置，她也值得被给予那样限量的尊崇，只要她够美够年轻够时尚，就可以稳立潮头，得到无限宠爱。所以花尽心思和精力保养那幅皮囊，让她不能老、不能胖、不能有斑点，更不允许有皱纹。

那不太像婚姻，那更像投资。投资男人，或者投资自己。在我们年轻的时候，会听到过来人们以半辈子的经历告诉你，这样的婚姻才是值得的，才是保险的，才是可以跳进去的。

这种婚姻，也许是成功的。可是，我知道，有些人怎样都不会跳进到这种婚姻里去。这些人，是我，也是读着文字的你们。

总有一些人，她们喜欢那些清净但并不冷清的小店。她们渴望的好的婚姻，是给自己看的。

只是，她们可能还不知道，**不管朋友还是爱情，都没有天生的，就像那株植物一样，都是需要养的。你养着他们，他们才能持续滋养着你**。这才是我以为的，真正利我的选择。

看一个男人是不是值得你托付，只需要想一想，你们在一起，他是否是滋养你的。

看一个女人在婚姻里是不是过得足够好，只需要看看，他先生用一种什么样的眼神看着她。语言可以骗人，眼神骗不了人。一个养心的女人，一定能收获到带着欣赏和尊重的眼神。

我见过身边那些婚姻幸福的女人，当我和她们同坐一室，能感受到那个气息都是温暖和畅的。你可以对她们交付心事，你相信你们可以长长久久，你们的相遇能够抵御得住时过境迁。

安放好青春的人，
才愿意真正长大

青春的意义，正是让你有足够的时间和机会洒满狗血与热血，做尽许多十年后的你都不会再去做的傻事。

当我回首青春。我庆幸我自己挥洒过了足够多的狗血。

我记得，那一年，我帮同学写过情书，只是他们最后没有在一起。我记得，我陪同学在他女友楼下摆满蜡烛拼成心形，听他对着她的宿舍灯光，疯狂大声喊："×××，我爱你，我们能不能好好在一起？"虽然最终，她还是选择了别人……因为见证过那些痴狂的爱情，这一生，始终相信爱情。

我当然也记得，独自晚班机飞行几千公里去见一个人。记得那些在车站忐忑等待的岁月，记得那些在车站依依惜别的岁月。记得那些宁愿众叛亲离也要和他在一起的姑娘，也记得那些失恋后当众号啕大哭的姑娘。但我想，我们这些姑娘，如今的眼泪都少了许多。眼泪大概也是有额度的，放纵哭过，后面的委屈就似乎少了。

这些种种记得，面目模糊得好像梦，没有色彩，没有声音，只有依稀的情节。但我终究把它们安放在那儿，就感到没有遗憾。

安放的这个过程，有些艰难。一开始死活不肯离弃这些，再累也要背在身上，好像抛弃这些，就是抛弃了我自己。

然后，在某一个一夜长大的晚上，决定开始新的自我，知晓“习惯，并不是深爱”是时候，放下这些习惯，去期待前方新的风景了，否则再错过的只会更多了。

我知道，当年的那个人是我，现在的这个人也是我。

只是我开始决定，要长大了。

这世上有太多没挥洒完狗血与天真，就急匆匆被夹上成年人位置上的少男少女，努力想做个成熟理智的大人，却又满腹心有不甘，内心中有两个自己不停地交战。

他们既不满意当年的那个自己，更不喜欢现在的自己，就好像不硬不软的一碗夹生饭。

如果不曾有这些肤浅，青春都没有什么好拿来回忆了，不是吗？正如木心说：“当年的我，如果来做客，一定会被现在的我，好好招待。”

没有哭过笑过流泪过，是很难真正品尝到平淡里那种细水长流的味道。

云淡风轻的中年，一定都是因为，当年的痴与傻燃烧过了。所以满足了满意了，心甘情愿当大人去了。

所谓的成熟，就是心甘情愿地把那颗痴狂心藏好，自娱自乐。懂得那些只能给某一些人看，不会再徒惹其他人笑话。

那些不愿意长大的成年人，他们还没有把青春安放好，他们还没有烧完青春的那一点热血和狗血，所以还不愿意承担，不愿意接受，只想拒绝和逃避。

那些想结婚却又不愿意结婚的姑娘们，只是还没有谈够恋爱，只是还想像少女那样恋爱而已。

所以，如果你还年轻，不要只想着保护自己如何不受伤，不敢去爱去痴去狂。好好去燃烧自己的青春吧。

所以，如果你已不再年轻，要的不是费尽心机回到过去的自己，找到过去的那种爱，而是花时间好好安放好自己的青春心吧。否则，永远都在寻找一种错位的爱，越找越迷失，越找越失望。

钱重要，还是爱重要

做自媒体久了，发现一个有趣的事。

当男人粉一个人，他会更愿意用钱解决，他们热衷用红包和打赏来表达，就像捧花魁一样。

当女人粉一个人，她会更愿意用时间解决，她们付出更多时间精力关注他、追逐他，简直是用生命在粉。

当然，这里的男人和女人，并不特指性别，更多的是指男性思维、女性思维。因为这个年代，拥有男性思维的，不一定都是男人。

然后，男女之间就会有这样的对话模式出现。

女：你为什么没有时间陪我？

男：我要赚钱。

女：你为什么不多花一点时间陪孩子？

男：我要赚钱。

女：你不爱我了吗？

男：那谁赚钱？

女：那你给钱吧！看你能给多少！

男：你看，还是得多赚钱。

如此强大的逻辑，一切招数都化为乌有。

归根结底，男人眼里，爱=钱。在女人眼里，钱＜爱，甚至是钱不等于爱。那么，症结就出现了，其实大部分女人，不仅要爱，也要钱。或者这么说，她们要钱，但是更要被爱。

喜宝之所以出名，更多是因为那句经典名言：我需要很多很多爱，如果没有，那就要很多很多钱。

到底多少爱，才能让女人放弃钱呢？至少当时当下的女人，都很难做到。这已经不是聂隐娘和红拂女的时代，更不是杜十娘或柳如是的时代。

唯一不变的是，男人在欲望面前太纯粹，女人在欲望面前欲说还休。

所以当下女人开始热衷做两件事，花钱和赚钱。然后就大体可以分成四类。

一类只花钱不赚钱。（你负责赚钱养家，我负责貌美如花。俗称傻白甜软妹子）

一类只赚钱不懂花钱。（不是只有男人会赚钱，女汉子一样可以）

一类拼命花钱也拼命赚钱。（安能辨我雌雄！俗称女王）

一类既不花钱也不赚钱。（呃）

时间长了，最后，也忘记了，到底花钱的初衷是什么。赚钱的初衷又到底是什么。

我曾经以为第三类，是一种幸福，也是一种成功。这也是许多姑娘崇拜的那一类。

但有一个真理，花钱总是快过赚钱。你到底要多努力，才能让赚钱的速度超过花钱的速度呢。我不知道，但这个问题让我心生恐惧，如被奴役。

于是，我开始心生一个梦想：我不想追着钱跑了，最好是钱追着我跑。

听起来很美妙，但让钱和你相亲相爱，真的是太难了。这个难度大体相当于，有一个男人，他有钱，他爱你，他还有很多时间陪你。

听起来不可能。但人总是要有梦想的，万一实现了呢。

生活看似越来越复杂，那是人们都越来越贪心。比如我。

但是在贪心背后，我知道，如果真的只能选一个，我会选择爱。而所谓的幸福，是他如果真的只能选一样，他会选择你。

这是影视剧里的爱情，要美人不要江山。

回到现实生活，不是人们越来越不懂得爱，越来越不相信爱，而是人们认为：他们可以两者兼而有之。既要房子，也要爱情。既要包包，也要老公。既要事业，也要孩子。既要安稳，也要传奇。

而在贪心面前，至少应该学会的是，不要自欺欺人地说：其实，我什么都不想要。这样的话，就是传说中的“作”。

其实，当一个人能觉察到自己的贪心，承认自己的贪心，他就会懂得包容，也会懂得放下。

只是太多人都认为：

我要的并不多。

我要的已经很少。

我不应该只得到这么一些。

我还有能力得到更多。

钱重要，还是爱重要。

都重要。也都没那么重要。

当你拥有生命，你觉得都重要。

当你不再拥有生命，一切都没那么重要了。

所以，一切痛苦、迷茫、彷徨、失落，爱恨情仇，都是幸运。因为，你还活着。

既然活着，何苦纠结这个问题。

好好活着，就是一切。

沉默是因为
他不敢跟你说真心话

有一个问题，大多数女人都想知道答案：如何才能让伴侣愿意和自己沟通。

女人们，对于感情往往都是急性子，每次如果问题不能解决，就不能放下，一定要扯着对方和她一起来沟通。她们问："专家们不是都说，问题不能过夜吗？我这样有错吗？可是他却偏偏沉默闪躲，不愿意来解决，是不是他的性格有问题？还是他不够爱我？"

以前我也会这样想。现在我却会先问自己一个问题："当我自以为怀抱关心和爱在解决问题的时候，他是否此时有意愿和我沟通？当我准备好了的时候，他很可能一身疲惫，只想回到家痛快休息一下。"

对于很多女性而言，她们很急切地把感情中的每一点小问题都当成"千里之堤，毁于蚁穴"。今天没有回电话，明天很可能就变成我行我素，再以后就更是无法无天了。今天不想沟通，是不是明天就会找一个红颜知己，后天就干脆家都不回了？

这种跳跃性思维，是女性很常见的思维，简直是蝴蝶效应，一个眼神一个动作就可以引起内心翻江倒海。不幸的是，很多人心中这样想着，结果就真的一如他们所料，他越来越沉默，越来越不爱回家，也越来越冷漠。

到底是因为所有男人都沉默寡言，还是因为大多数婚姻真的就会走到无话可谈的地步呢？

一位男士曾经很困惑地问我："为什么我当下已经那么疲惫，让她给我拿一下药，可是她却为着我为什么不能自己去拿药的问题，纠缠到半夜。难道在她心里，我就这么不重要吗？"

他不知道的是，或许在妻子心里，她想到的是，某年某月某日，她希望你做的那些事，你全体都没有做到。她不是你的女佣，凭什么要被你呼来唤去？在那一刻，她眼里压根没有他的伤口，而是那些她在心里积攒了多少年的伤口。

有多少人会注意到：**她们所谓的关心，爱，从本质上而言，其实是让她们在当下那一刻，沉浸在自己的情绪中，根本看不到对方的感受**。那一刻：她们的眼里、心里，只能看到自己是多么难受，多么地在乎对方，却看不到那个人满腹心事、愁容满面，怀揣着一肚子的委屈和无奈。他看到的并不是一个关心他的伴侣，一个关心他们未来的伴侣，而是一个：只在乎自己感受，拼命索取爱，只想让他认错，逼着他说抱歉和承诺的人，一个自私的人。

没有人会愿意承认，因为，的确也没有录像机记录下那一刻。

人们总是在心中想着：我怎么可能自私呢，我对他是多么好，他当然在我心目中是最重要的，这难道还要说吗？

但可惜的是，那些“难道这还需要说的话”，正是你常常逼着对方去说的话。你不知道的是，对方心中也和你一样想着：“这难道还需要说吗？”

这就是为什么所谓的情感沟通，最后往往变成一场情绪发泄、一场分崩离析。

对于很多女人来说，爱儿子，就是爱丈夫，所以儿子回来就大张旗鼓地炖鱼翅，是因为在她心里觉得：爱儿子，就是爱老公，这是一体的。可是对于先生来说，他想的却是：为什么只有儿子回来才炖鱼翅，我怎么从来就没被这样好好珍视过。在丈夫心里，他是不能同意妻子把他与儿子等同起来的。

你所认为的，对他特别好，在他眼里，是单纯地只对他好，不等同于对他父母好，更不等同于对儿子好。

对于很多好妻子来说，等到深更半夜也要等，锅里炖着鸡汤，就为了等他回家尝一口。她们被自己如此自我牺牲的行为感动，以为这样就会像电视剧里那样，得到对方的感激涕零。却没有想到对方只想赶紧洗洗睡了，那一碗凝结心血的鸡汤是负累，不是感动。

你所认为的，对他特别好，在他眼里，或许只有加深愧疚，并没有加深爱情。他害怕这些牺牲，是不是哪一天就会被拿来当成“不够爱”的罪证。

中国人大概真是天生不太懂沟通的民族。我们每个人都更擅长顾左右而言他，习惯了模糊美，思维了不太有逻辑和精准这两个习惯。

每个人的潜台词其实都是一样：你为什么不懂我？你为什么不尊重我的价值？你为什么就不能认可我呢？你为什么就不相信我。这样长久的沟通无果之后，女人选择了唠叨，而男人选择了沉默。

沟通，最基本的条件是，当下那一刻，彼此知道自己是安全的、是被在意的、是能够说出真心话的。我想，在绝大部分的情感沟通中，大部分的伴侣都不曾感受过，他们是在一个如何安全又放松的环境下在进行沟通。

沟通，并不是一定要解决问题。沟通是西方人创造出的，对于中国人，这个社交技巧，沉重而又缺乏人情味。我反倒更喜欢中国人创造的一个词，叫作商量。商量意味着，妥协包容，你让一寸，我退一步，即使没有结果，也没关系，因为大家还可以再商量。

东方人一旦在意识里想到沟通这个词的时候，你多半内心想到的只是：我要让对方说出我想听的话，我要达到我希望的一个结果，不然不能称之为“通”。

人与人之间为什么需要沟通？是因为当你把内容传递过去，对方感知到的，未必和你想表达的一样。我们大部分人，根本不曾去问一问：我说的，和你理解的，真的是一个东西吗？在这样的反复错误当中，大家彼此都以为：我还不知道你想说什么吗？然后为之争吵，在日复一日的误会当中开始厌恶沟通。

男人之所以习惯沉默，是因为他们知道，一旦说出真心话，后果不堪设想。

女人为什么变成唠叨，是因为她不肯示弱，是因为她们认为，对方看不到自己的善良与付出，于是，经年累月不被安抚的情绪，脱口而出就成了抱怨。

对我来说，或许真的不必要去纠结沟通这件事。**沟通的目标，不是为了解决问题，而是让你知道，我心中到底在想什么。**

既然中国人喜欢模糊美，还不如就用拥抱来解决所有那些无法说出口的话吧。

拥抱一下，希望你不要生气了。

拥抱一下，希望你感受到我身体的疲惫。

拥抱一下，希望你知道我是真的很努力。

拥抱一下，希望你知道，我是真的爱你。

我想，嘴巴说的，未必都是真心的。其实，身体才是最诚实的。

人只有诚实面对自己，面对爱人，你才知道：她到底希望你如何对他好。

有多少自以为很了解对方的伴侣，其实，早就相隔十万八千里。怨偶往往就是这样产生的。

亲爱的，

你并不是一事无成

我的老闺蜜小蜜，有天给我发了一条微信，说她好忧伤，突然觉得自己活到现在，一事无成。

她，不属于美女。先生是大学时代的男友，两个人的故事就是校园恋情，然后就走到了结婚生子。美好初恋的附赠品，是一对非常传统并且节俭的广东公婆。坐月子的时候，清早婆婆叫她起来吃一碗白米饭，连汤都没有。婆婆做饭很难吃，她常常要吃两顿晚饭，偷偷在外面打牙祭，然后回去再吃一顿。新买的衣服鞋子从来都是偷偷藏在办公室，然后找好时机，再偷偷拿回去。

那时候，每逢听到她说起和公婆相处的琐事，都恨不得拍案而起：这怎么能过得下去呢？

对很多年轻女孩子来说，人生走到这种地步，好像就完了。结果这还不是最糟的，七年之痒，狗血剧，一出接着一出袭来。也曾有过那么几次，她说，如果离婚了，要租一间有阳光的单身公寓，每天要买好鲜花，过自己真正想过的生活。

多少年轻女孩认为，人生逆转就是《甄嬛传》，当然不是。现实世界的残酷是家庭温水煮青蛙，青春逝去那一刻，很多女人简直不知道自己是何时迈向理想死亡的。是在和婆婆第一次吵架的时候吗？还是在发现老公手机可疑短信的时候？

在这个时代，大多数年轻女孩一开始就不会允许自己走进这样的世界。可最终，大多数女人的人生都不可避免地被这样的世界包裹。

她现在怎样了？

在生下第二个孩子之后，她经历了身体的病痛、婚姻的危机，她却渐渐活出来了。懂得了什么时候该柔软，什么时候该决断。一味退让，绝对不是最好的婆媳相处之道，和夫妻之道。

最后，她当然就成了我们朋友圈里——最温暖的那个人。

为什么？因为没有人比她受过的苦难更多。你说婆媳关系？她懂。你说夫妻危机？她懂。你说想要挣扎逃脱以及欲望？她懂。你说生儿生女？她懂。你说产后抑郁？她懂。你说鸡毛蒜皮？她懂。你说自我及追求？她懂。

她什么都懂。闺蜜团里所有人的心酸，只要往她的面前一放，就微不足道。你哭了，她只要一笑，一抱，你就如沐春风。

刘德华说林嘉欣：像尊佛。什么事儿往她那里一去，就被挡回来了。

在30几岁的年龄里，儿女双全家庭团圆的30几岁，她最终看清自我，接纳了自我，她驾驭了自己的善良。她不再是那个只会说是的广东媳妇，她安排家庭生活，指挥俗世事宜。公婆非要同住，那就带孩子好了；先生事业有成，那就全力支撑。她开始四两拨千斤。

然后开始慢慢抽身，学自己想学的课程。学会系着丝巾，化着淡妆，微笑着，拾起专业，越来越有那个女主人范儿。曾经那些忽视，统统变成尊重。

就这样，风平浪静的30几岁，拾起专业，朝着一位心理咨询师的道路走去了。没人能阻拦——以什么理由？听闻这件事的时候，闺蜜团全部跳起来拍手说：太适合她了。

这是她当年要做的人吗，大概不是。当年的她，应该也曾想过，可以家庭和睦，事业有成，是大家都认为优秀的那种女人。

太多人从小被灌输的价值观都是努力去成为最优秀的那个，那个别人认为你要成为的那个，如果做不到，就是你无能。在我们的心目中，都有一个最优秀的自己，应该是什么样子，尽管这个样子很模糊。

想做的，遇见的，最后成为的，从来不是一回事，这就是命运。

这已经是自己能成为的，最好的自己。**那不是最想要的，那不是愿意遇见的。可是最后，依然活得很好看，很体面。这是我认为的另一种成功的活法。**

所以，亲爱的，你怎么能说自己一事无成。

人一定要跟
自己的缺点斗争吗？

我和这个城市，一度爱恨交加。

曾经，这个城市向我敞开了门，可是我自始至终游离在这个城市之外。那么年轻，那么努力，可是不会照顾自己，也不懂得如何和陌生人做朋友。于是，除了工作以及同事同学，我在这个城市几乎没有生活圈子。

更可悲的是，在经历了一段长久的、不成熟的、分分合合的恋爱之后，我对恋爱的恐惧远大于期望。于是，将所有的热情全托付给了工作。

一年之后，我倦了，好像从梦里惊醒一样，突然觉得工作变成了一座牢笼。我和世界失去了连接，我和生活也失去了连接。

这种思绪之下，来不及思考这其中的得失，像个烈士一般递了辞呈，开始了一系列的折腾。当然，在这种情绪下折腾的结果肯定是失败的。我根本不知道自己要什么，也忘记了自己适合什么，只是挖空心思想要摆脱某种困顿，却被生活困得更牢。

在那最流离失所的心情当中，我去了陌生的城市，经历了一场丢盔弃甲的感情。

一年后，我又重新回到那个城市。当我重新站在那个城市的街道上，我想起过去一年逃离中的丢失，其实是因为觉得自己不好，于是就想把一切都改变。

太想改变，于是就干脆丢弃了一切。可惜，丢弃之后，自己根本没有能力建立起一个新世界。

这个城市并没有错，而是我太急于得到，也以为自己足够有能力快速得到很多。人生给了我一个响亮的巴掌，却是真正地清醒了。一年不见，所有的老朋友见到我都说：你变了，你的眼睛变了。我问，怎么变了。他们都说不知道。惟有一个人说：以前你是玻璃，现在你是水晶。

我以为我会惊慌，会烦躁，会继续讨厌这个城市。然而，我前所未有的安之若素。不管生活丢给我的是什么，我竟然比任何时候都积极、平静、充满力量。

为摆脱这段困境，我丢弃了自己。后来，我才知道，如果你连自己都没有了，还谈什么人生。如果你连自己都不珍惜，还谈什么拥有。可是自己到底是谁呢？我们拥有的又到底是什么？

在我们没有经历痛苦挫折磨难之前，我们就是一个个碎片组成的自己。我们的各种人格，自相矛盾，时常战斗不止，而软弱的一颗心，对于这些各自故步自封的每一种人格，完全无能为力。

只有当我们足够强大强健，我们对于自己，才能临风而立、一夫当关万夫莫开。就算是千军万马，也能调兵遣将，排兵布阵，绝不慌乱。

我们面对的喜怒哀乐，是自己每一种人格的映射。而所谓的自我，是收服自己每一种人格的能力。

当生活艰难的时候，你具有能力让自己淡然。当生活和顺的时候，你又能安抚自己不急躁。这种心态，别人叫作淡定。淡定的背后，没有什么灵丹妙药，就是全然地拥抱自己。

当你不懂得拥抱的时候，你会以为收服的唯一办法，就是对内战斗，狠心清除掉每一种你不喜欢的部分。这个战斗心理，就是很多人无法逃离折腾的原因。那些你意图割裂的部分，它被你如此仇视之后，它便会对你复仇，让你知道，它不是那么好摆脱的。

我和我自己，竟然曾经那么地对峙过。当我回头看的时候，我才发现，我无数次地在内心谴责自己，却从来没有对它表示过抱歉。我以为，我必须追寻到新的生活、新的人、新的意义，来帮助自己改造自己，来给自己削骨抽筋。

这样的结果是，永远和心里的另一个自己战斗，至死方休。你却看不到——

你讨厌自己的讨好，可讨好往往带来善解人意、细心、体贴、包容、周全、周到。

你不喜欢自己的倔强，可倔强往往带来坚强、勇敢、决断力、负责任的能力。

你不喜欢自己的天真，可天真往往带来真诚、坦诚、不被欲望控制、不被利益误导。

你不喜欢自己的强势，可强势往往带来忠诚、执着、坚定、承担、管理能力。

你不喜欢自己的不安分，可不安分往往带来有趣、创意、活力、创造力。

每一个性格特质背后，都站着好的能量，也站着坏的能量。他们是双生子，是一体的，让你成为与众不同的你。学会欢迎它们，接纳它们，一一道过好久不见，一一拥抱他们入怀。

我不再讨厌别人说我多愁善感，讨厌别人说我文艺青年。是啊，我就是多愁善感，所以我能体会到生命中那些细小的感动，那些小确幸。

是啊，我就是文艺，是文艺让我能保有善良和真诚。文艺是一种强大的抚慰，能把你打碎的那一部分，好好粘合起来，再润物无声地一点点抚平他们。好让他们不要在午夜里来打扰、试探、刺痛，照出自己的扭曲与面目全非。

我开始接受自己的倔强，因为倔强，我才不那么盲从，不那么听信，知道什么路才是我要走的，不会被眼前短暂的利益冲昏头脑。

我开始接受自己的女汉子，因为我知道，等我足够坚强的那一刻，我就会放下害怕，回归柔软。此时做不到没关系，我与女汉子的我已做伴这么多年，如果没有它，我就不是我了。我会找到属于我自己的柔软。

我开始接受穿裙子，接受高跟鞋，接受化妆，接受那些原本不能接受的人与事。我和这世界发生联结的部分越来越多。**我发现，你在多大程度上能接受自己，你就能在多大程度上被世界接受**。因为你不狭隘，你的世界自然就不狭隘了。

对大多数人来说，其实这个战斗过程，每天都在发生，只是，你不知道而已。在这种不知道里，失去了对自我的肯定，总是着眼在自己缺点上，去内斗去内耗，筋疲力尽。

幸运的是，命运总会给我们机会，让我们被自己惊醒，被那些变化惊奇，才知道，原来我是这样好。

当你失去的时候，它其实是在告诉你，原来你真正拥有的是什么。

当你离开的时候，它其实是在告诉你，原来你真正想做出的选择是什么。

当你得到的时候，它其实是在告诉你，原来你真正想要的是什么。

当你痛苦的时候，你才知道，原来你真正害怕的是什么。

我们太多那些难以言说的苦痛，无非正是因为，我们只拿出了优点去拼命燃烧，然后付出更多的能量去怀疑自己、否定自己、镇压那些缺点。却不知道这优点和缺点，本身就是一体的。

所以，可不可以，和你的缺点握手言和，让它们也被你自己拥抱。快乐的时候就是快乐，难过的时候就是难过。

就像一棵大树一样，不争不抢，把力量保持在根部，不摇晃不折腾，不怀疑不放弃，稳稳的扎根土壤里，得到一片自己的王国。

从根儿上解除你的害怕、自卑和失败的行为模式

我小的时候，讨厌父亲的不苟言笑，时常憧憬着换一个爸爸。

像我舅舅那样的，每次我都特别期待他的到来，他会给我买父母不同意买的外国小说，也会听我说那些青春期的烦恼，鼓励我去克服自己的恐惧。我固执地认为他有趣、幽默、能理解我的苦恼，期盼着他能把我带走。心里却又太清楚：这是一件不可能的事情。人这一生，唯有血缘关系，是怎样都不可能变更的。

你降生在什么家庭，你的父母是谁，其实这是每个人与命运的初次交锋。每个人出生都会怀抱很强的爱的能量，只有少数人，会怀抱这种能量一直走下去，这样的人，有一颗很暖很健康的心。

大多数人在成长过程中其实慢慢失去了爱的能量，因为这股能量被成长环境漠视和耗费。成长的这个过程，充满着悲伤。这种悲伤，常常会被大人们忽略。

每个少年都有幻想，源于他们都有悲伤，那悲伤来自于：大人以为少年们什么都不懂，总是充满着不屑与他们交谈，但少年们认为自己什么都明白。

他们看得到悲伤，他们懂得什么是爱，他们懂得什么是心碎。他们知道大人在欺骗，也看得到大人在逃避。

如果，他们对长大成人不再抱有期望，那是因为父母总是让他们失望。对父母关系失望的孩子，很难对爱情有信心。对父母的庸俗势利而失望的孩子，很难再有真心去坦承。这就是每个人与命运的初次交锋之后，命运交给我们的一道选择题——心碎后，你还是否愿意继续相信自己。

阻碍一个人去重新相信命运的根源，其实并非他们不再有能量去相信，而是因为人的潜意识是没有时间意识的。

我听过很多人聊起他们的童年。十几年过去了，有人依然记得母亲对她说“这碗肉，要留给你哥哥吃，你少吃一点”；多少年过去了，有人依然记得父母将家里的碗盘摔碎的声音。而他只能躲在旁边，害怕得发抖。不管多久，这些细小回忆，被他们想起来的时候，都如同在昨日发生，他的身体依然会跟着恐惧、伤心、难过，仿佛他还是当年的那个孩子。

童年的伤痛，成长的伤痛，每一个少年都有。只是当年无能为力，帮不了父母，更救不了自己。然后，就会以为自己注定对命运无能为力。

很多在开明家庭中长大的人，完全不能理解，为什么他们的伴侣或者朋友，会那么惧怕父母的批判和指责，即使他们远在千里之外，仍然可以在电话里遥控他们的人生。因为，他们已习惯了这种无力感，恐惧深藏在心中，就好像躲在一个洞里，以为洞口有一只巨大的野兽。这只野兽是父母，是那些伤痛，是那些失望，是被他们自己放大的影子。

太多成年人与父母的关系，往往就像皮影戏，看着张牙舞爪，其实只是一对纸糊的。他们不知道，其实父母都是一只纸糊的老虎。直到有一天，你才能看清：那个曾经让你无比害怕的人，其实已开始满头白发、步履蹒跚了。

许多的困难和低谷，其实就像小时候那辆你怎么都跨不上去的自行车，可你已经长大，你的脚已经轻易就可以撑在地上，你不仅能轻易骑上自行车，还能驾驭更大的车。

成长让你做到你以前根本不敢想的事，曾经可以，现在也可以。你看，我们都曾经以为为爱情心碎了，就再也不会好了。后来等到第二次心碎，才知道，原来还可以活着。再等到第三次第四次，才知道，心碎是生命的必经，一如我们注定是时间永恒的人质。

所以，不要怕。

只要你愿意，你只会比他们活得更好，你也一定可以比他们活得更好。

你是上天从亿万颗精子中选出来的最有活力的那颗，你来自于那颗最温暖最优秀的卵子，你承载着生命中最原始的活力和温暖，你是一开始就赢得了比赛的人，才能得以降生于世。

每一个人，真正的长大，是终于开始不再只是看到父母遗传在身上的缺点，而是更多地看到他们给予你的那些礼物。

那个时候，你打开那些礼物，你重新获得勇气和信心，你走出山洞，你举起你的剑，发现那只野兽不过是只影子。

比起这世界的许多挑战而言，你的父母，你的出生，永远不会是最难跨越的。可如果你连这关都无法跨越，你的心里，永存一只巨婴。

第四章

直觉，让我们成为与众不同的人

只有翻越了千山万水，才懂简单生活

每到毕业季，很多姑娘们愁眉苦脸地奔走于面试中，看到别人拿到了很好的工作，年薪多少多少，自己却还是不知道该去往何处。

想起我当年那个时候，自己有很多想法。找一份工作，攒到足够的钱，然后随心所欲地玩几年，再回来上班。还好想好想开一个带花店的咖啡馆。

然后呢？然后，当然就没有然后了，只是想想而已。所以，很久的一段时间里，我一直羡慕那些真的去履行了这些想法的人。

年轻时候，我们总是会把注意力放在人家既得的生活上，却很少去仔细想想，这样的生活背后曾经有怎样的故事。就好比，有很多人会羡慕说，你可以靠写字来养活自己，真好。

可是，当我30岁了，我才知道，**要不是曾经的翻越千山万水，曾经的死扛和那些身不由己，我不会真正懂得珍惜简单的生活**。

很多人苦恼，为什么现在的自己静不下来呢，为什么连好好看完一本书都做不到。因为，从本质上而言，你还根本没有到达可以静心的时候。你需要热闹，需要伙伴，需要互相吐槽。你害怕被落下，害怕时间浪费，害怕别人审视的眼光。你最害怕的是，现在的一点点错误，会导致以后的路全部走错。故而如履薄冰，战战兢兢，可是再怎么思索，却还是不知道，到底怎样才是对的。

大多数人都不知道自己这一生应该做什么，也并不知道什么才是对的人，什么才是值得你浪费时间的美好事物。

我的大学同学在毕业时候始终找不到称心如意的工作，因为她讨厌朝九晚五的轨迹生活。于是，拿了父母的钱，去开服装店，每天睡到自然醒才开门，没生意就关门。当然，最后惨淡赔钱收场。**美好的事物太多，但你要想真正静下来欣赏这些，首先你得具备一颗能忽视一切困难的强大的心。**只有你曾经苦过，而且是为了那些身不由己而苦，你才得有一天，在那美好里找到自己心灵的归宿。你才能忽视掉，设计稿不够美不够专业，那有什么关系。衣服不够华丽，或许没有几个人会喜欢，那有什么关系。小店太安静，或许一天都没有一个客人，那有什么关系。

当你20岁的时候，任何一个问题都会让你焦急烦躁惊慌失措。只有忍受过足够多的兵荒马乱，才能理直气壮地去浪费、去在浪费中体会，才能面对种种慌乱的时候，拈花一笑。所以，你当羡慕的，不是别人能过着这样简单的悠闲生活。而是，你会知道，如今的种种，不过是为了有一天，我能够坐定在那里，有底气有资本不用想其他，就是单纯安静地做着自己喜欢的事。

生活的美好，就是有朝一日，心安理得地浪费时光。在抵达这种心安理得之前，我们有很多路要走。

那样简单的生活，你可知背后是多少辛苦之后凝结出来的呢？所以，年少看得到热闹，看得到悲喜。可是看得懂清淡，确实是要够老才可以的。

你的朋友圈

就是你的内心世界

和闺蜜们喝下午茶聊天的时候，总是忍不住聊到一个话题，就是她们朋友圈里的各种奇葩。

那谁谁谁长得又不美，天天发自拍；那位家庭主妇，简直就是晒娃狂魔；还有阿姨们的各种养生伪科学。每次遇到这种话题，我完全都参与不进去。有一次，她们忍不住问我，你真的没有这种烦恼吗？我仔细想了想，我的朋友圈真的只有一种人：有梦想，并且不停为之努力之人。

这个发现，令我自己惊奇。**每个人每天触摸到的世界并不大，当你天天与之为伍，你很容易就以为，世界就是这样的。**我并不介意我的朋友们是不是爱发照片，或者爱晒娃。我有特立独行的朋友，我也有张扬肆意的朋友，我有喜欢独处的朋友，我也有满世界溜达的朋友。**他们的共同之处是，他们既不抱怨，也不矫情，总让我能看到生活中，又有我没发现的新鲜面。**

抽离出各种造型姿态，各种不同的信仰和价值观之外，这才是我认为内心最重要的事：活着的姿态。

我喜欢所有内心良善且充满生机的朋友，为此，我可以包容她们满世界自拍或者晒娃，因为她们表达出来的，我看到的是一种活着的美好。

我喜欢所有有目标有梦想，不停留在空想，努力走下去的人。他们也会失落，也会有低沉，但你知道，那都是暂时的，有一天，他们会给这世界一个漂亮的回答。

当我表述出这些想法的人，她们笑着说：你的内心有时候真像一个男人。我也笑：对待生活，有时候还真应该学学男人，抓大放小，化繁为简。

你为什么会容易被他人所烦忧，因为你只想看到和你当下感受一致的回应。当下你想要赞美，他却来开玩笑。当下你正为另一半生气，她却在晒恩爱。当下你认为自己不够美，她还不如你呢，怎么能天天啪啪啪呢。你的内心，住着一个只想被人讨好的小孩，得不到，就会生气。可惜你已经长大，已经知道不能对他人发火，于是，就只好对自己生气。

你为什么不能拨开当下的状态看到那个人完整的状态，因为你已习惯一叶障目，更习惯武断得出结论，你是这样对自己，也是这样对别人。如果你能看到他人的风光，同时看到自己永远做不到那样的坚持和付出，你就会放下偏见。如果你能允许自己的低落和絮叨，你就会接受他人的低落，并且知道：这一切不过是一场暂时的阴雨，很快就会过去。

如果你满目都是不想接受的信息和状态，你却不敢也不愿意清理掉这些，那是因为，你已经习惯了讨好别人，讨好世界，然后把埋怨留给了自己。

如果你觉得你的朋友都不如你，不是你的朋友配不上你，而是因为你根本不敢去认识更优秀的人，宁愿躺在过去的安稳里。

如果你觉得你的朋友圈都比你优秀，不是他们太能干，是你自己太多地把目光放在别人身上，却没有好好留一些时间，看看自己有了哪些不一样的进步。

在我眼里，朋友圈真的是再真实不过的一个自我验证。让无形的、不能描述的人际关系，突然真实、有形地呈现出来。

所以，人要想最真实直观地了解自己的内心状态，有两个最简单的办法，一是翻翻自己的朋友圈，二是翻翻自己的衣柜。你如果想整理自己的状态，最简单有效的办法，也有两个，一是整理自己的朋友圈，二是整理自己的衣柜。

你的朋友圈，照见你的内心世界，你可知道，你是以何面目在面对自己。你的衣柜，照见你的外在形象，你可知道，你是以何面目在面对世界。

在这个整理的过程中，你自然知道，你想要的是什么，你讨厌的是什么，你烦恼的是什么，你喜欢的是什么。

当你留下那些最喜欢、最有价值、最有趣、最愉悦你的人，你自然就会发现自己慢慢变得有价值、积极、愉悦。

当你留下那些最喜欢、最有价值、最有趣、最愉悦你的衣服，你反而发现，你不再每天随便穿，而是努力让这每一件衣服都能在你身上闪光。

你还相信爱情吗

不知道从什么时候开始，这个社会的人们对于爱情开始有了越来越多的判定规则。

网络上充斥着某些言论—— 一个男人爱一个女人，要看他能为她花多少钱；不以结婚为目标的恋爱都是耍流氓；女人是感情世界里的弱势群体，所以，要求一个男人有房有车是非常正常的事情，因为一旦感情破裂，至少她还有钱；女人要远比男人忠贞得多，不要相信男人会爱你一辈子……

类似的这些言论，触目可见，比比皆是。

原来，从一开始，每个人心里都已经认定：这本来就是一段有保质期的爱情。所以，一旦矛盾分歧产生的时候，他们一点不意外，也不曾想过应该好好挽救。因为对于过期的东西，现在的人们甚至不会打开罐子看看是否变味，就会直接扔进垃圾桶。

那么，你还相信爱情吗？在看完《我们为什么会分手》之后，我比以前更加相信爱情了。因为，搞砸爱情的，并不是爱情本身，并不是爱情真的开始变得珍贵、稀有。爱情举目可见，遇见爱情天天都在发生，爱情发生得实在太容易了。所以，每个人都觉得，这个不行，那么，可以换下一个。

都市里的人们，都开始在心里盘算着爱情应该在何时“止损”。从本质上说，他们都只愿意爱情供养他们，而非消耗他们。一旦消耗越来越多，这段爱情就是个“赔钱货”，越早远离越好。没有多少人在那个时候，好好想想——我们是怎么开始相爱的，我们当初为什么可以那么美好。

你相信什么，你就会看见什么。这个世界从来就没有所谓“合适”的爱情。任何遇见时的天时地利、天造地设，都会在不久后，发生诸多的不合时宜。而且开头越美好，越阻碍人去适应那些不合适，因为落差太大了。正如里面所说：如果一开始我没觉得他是100分，而是90分，或许我现在能更加接受这个80分的他。

而为什么会发现那些不合适呢？是因为我们天生的不合适吗？不。正是因为你们彼此开始往“长远”去打算，那些不合适才开始发生得愈加剧烈、刺目起来。因为你们努力试图改造对方，想把他改造成可以走到更久远的样子，想制造出更多你们可以更合适的证据，结果却发现——你们其实并没有那么相爱。

每个人的内心都在拒绝被改造，如果爱情要走下去，必须要按照对方的意图去升级改造，那么，大多数的人，都会选择分手。许多相爱的人，都无法冲过这一关，他们的爱情，在这一步戛然而止。

而那些冲过这一关的伴侣呢？是的，当他们进入下一关的时候，他们发现：他们已经放下了改造对方的执念。所以，当我和许多的人说：**爱情最终能否走到最后，与条件或者个性毫无关系，全看你们在一起的执念有多深**。他们都不可置信，尤其是比我更年轻的人。

但你若问那些最后还在一起的人，你们是怎么还没有分手。我想，那个答案一定不是，他们是彼此的最爱。而是，当同样的问题发生的时候，他们还是决定在一起。

我讨厌这个时代对于爱情的种种条条框框，对于爱情的种种轻视和不信任。明明是每个人都开始更加精明世故，明明是每个人都开始更加懦弱逃避，明明是每个人都在学着如何更加高明地占有，明明是每个人都想依靠爱情去获取更多的便利，才导致今天，我们的爱情变成如此面目全非的样子。

可偏偏，今天的人，还要标榜着——我在寻找我的灵魂伴侣。这才是天底下最大的那个自欺欺人、掩耳盗铃的笑话。

当我们拥有爱情的时候，我们以为，金钱更重要，没有钱，爱情就是空中楼阁。可当我们有了钱的时候，我们却连心动的感觉是怎样的，都不知道了。所以，当我遇到那些因失恋而痛苦的人们，我只想对她们说：**你失去这段爱，并不是因为你不够好，而是你因为害怕，丢掉了你曾经所有的好**。

我们为什么要成为那个更好的人？不是因为我们太糟糕。而是我们看到别人的好之后，就会看不到自己好在哪里。所有的修炼，都是在修“你自己的相信”而已。

我们为什么害怕分手

新书签售会上遇到一个姑娘说，初恋谈了五年后“被分手”，非常痛苦。于是把网站上排名前二十的所有情感类书籍全部买回家。因为这个，她才会遇到我的书。

在分手的前一刻，你或许还在抱怨他的种种不好。可是，在那之后，那些不好神奇地消散了，那些好的接连涌现出来，一天一天，在你一个人的时刻，在你的睡梦里。

然后，你开始反思，我们为什么会分手。这种感觉，就好像拿着一张全是红叉的试卷，心中无比悲痛，却还要被勒令看着自己错在哪里，害怕这些错误在人生未来的大考试中再次出现，万劫不复。

分手最大的杀伤力，是让你把分手与“我不够好”联系到一起。你害怕他人看到“你不够好”。即便眼前的一切看起来是那么美，可是在你内心深处，你认为这些美好迟早会被收回。

内心的这种声音，会让你在面对每一份爱的时候，都忍不住去怀疑：这份感情总会是有期限的，这一次又会在什么时候到期，我不能让自己再次惊慌失措。

这种怀疑会让人开始习惯于去验证一件事：他还爱我吗？她还爱我吗？我还要继续爱他吗？我还要继续爱她吗？有多少感情其实是断绝于这样一次次的怀疑与验证之中，因为彼此消磨了耐心和信心，忘记了初衷。

所以，自以为从上一段恋爱的阴影走出来的人们，你真的走出来了吗？你以为你已经想明白了上一段的恋爱错在了哪里，可为什么这一次之后的爱情，又遇到了更多的问题。如果人与人之间，真的不存在天作之合，也不存在灵魂伴侣，那么，是不是这一生，你都不应该再奢望，你会遇到那个合适的人了。

“你还相信爱情吗？”曾经我的回答是：是的，我相信，只是不相信发生在自己身上而已。现在我回头来看这个问题，我才知道，过去那些年的兜兜转转，我错在哪里。原来，这个问题考验的，从来不是你对爱情的信心，而是你对自己的信心。

现实中，我们总会去在心底里评判：这个人配不上那个人啊。这个人怎么可能会被那个人看上呢？这两个人迟早会分手的吧？

我们为什么只能接受金童玉女，郎才女貌？因为从心底里，你是认定：所有的爱情都是有条件的啊。如果你不配，你凭什么得到。

当然，这所有的评判，最后都会被你拿来评判自己的人生。我这样的，怎么值得遇到那样好的人呢，根本不可能。我大概也不可能遇到比这个更好的人了。那些故事宣扬你可以遇到更好的爱情，都是骗人的鸡汤而已。

相信自己值得更好的爱情，确实不可能让你明天出门就能遇到白马王子，也不可能让你闪耀着一种与众不同的光芒。因为，内心真正地相信，一定是要经过无数地努力的。

但是，当你开始相信的时候，努力开始去相信的时候，你至少心里开始有个新的声音：如果你今天不是某某某，也没有现在的这一切头衔，你还配拥有这些爱吗？如果你今天不是20岁，也没有现在的容貌，你还能得到这一切吗？

当你不敢面对这些问题，你一定会用尽一切办法去压榨自己，去证明自己：是的，我这么努力，我不会失去这些。当你相信你是因为这些被爱，你根本不敢让自己失去这所有的一切。

我也曾做过无数的努力去证明，我是值得被爱的。是的，因为这种坚持与顽强，我换来了更好的自己，但却未必换来了更好的爱情。

直到有一天，我发现，这世上如果没有“十二”，我也一样可以活得很好。我坚信这一点。我的生活并不会因为这个角色有什么实质的改变。当然，发现这一点，并不是说，如果你放弃努力，自怨自艾，自暴自弃，也一样会有人来爱你。

这个不同的声音，只是让你知道：此刻，如果你拒绝，你只想做你自己，他其实也会一样爱你。此刻，你帮不了他，你解决不了他人生中的所有问题，他还是会爱你。此刻，你衣衫不整，你发型凌乱，你满嘴口气，他还是会爱你。

爱情对每个人，从来都是公平的。分手，只因为，我们都是凡夫俗子，我们都有脆弱与无奈，都有难以言说的痛苦，都要面对不被理解。这并不是一种失败。这只是你自己的一面镜子。

你不相信，它就让你看到不相信。

你怀疑，它就让你看到怀疑。

你否定，它就让你看到否定。

你不甘愿，它就让你看到不甘愿。

你接受了自己的好与坏，你才会看到，世界也接受了你的好与坏。

你理解了自己的好与坏，你才不试图找到一个人理解你的好与坏。

那一刻，你才真正走出来了。你才真正愿意相信爱情，它不分贫富贵贱，它不分美丑善恶，它是你自己的得偿所愿，它是你自己的求仁得仁。

只爱五分，

不要十分

有人说，我是拯救少女心的作者，我的文字能让少女心落地，让她们学会接地气。我不这么认为。只有心中还有那颗飘着的少女心，女人才不那么容易老，才不那么俗气满身。

什么是少女心？是对每一份相遇抱有极大的梦想，是为着一点温柔就交付十分的情意。我有过一颗少女心。怀疑过，挫败过，混乱过。但最终，我还是相信爱情。不管走到哪儿，我也能不怕被鄙薄地说：我相信爱情。

有很多人，历经了少女心所带来的苦痛。于是，很努力地去看，去学习，试图想掌握一把开锁的钥匙，以期不再受伤。也有人，以为不看、不听、不抱有希望，就从此没有了伤害，自顾自地岁月静好，决定与自己相濡以沫，好像练成了百毒不侵之身。

一边是凡尘俗世的皆大欢喜，一边是隐世之心的洁净无尘。每个人面对生活，都会自成一派地练就出独门武功，让自己能好好活下去。只要一个人想活，他就一定能找到活下去的办法，不管别人觉得是苟且也好，是混账也好。

书中说，人体产生的乳汁，一定会与婴儿的胃口相配，只要你让它自然调配，它会有它自身的规律。然而，人类发展到今天，大多数人的思维已经更偏向去信赖理论，而非直觉。在强大的传统与科技面前，自然变得微不足道。人类不再信任自然的治愈能量，习惯性地偏好于千年进化升级出的高科技手段。包括情感，竟然也似乎演变成一门专门的研究，一门独到的技艺，需要专门用精钻的语言去阐述、去引领、去教导。

我从不认为，我在情感方面，有何独到的技巧，有精明的方法可以帮谁应对失恋、分手、劈腿、离异等问题。我也不相信，有什么更好的方法，可以让人可以更漂亮地应付情感中的事。任何技巧，都很容易成为，画虎不成反类犬。

当你看不懂看不穿的时候，任何建议和方法，仅提供参考与娱乐。参考和娱乐之后，剩下的，仍然是那个问题在等待着你。其实，**任何悲观，无非是因为，你看到的世界，违背了你的内心。任何乐观，也无非是因，你看到的世界，迎合了你的内心。而感情痛苦，皆因爱的深浅，并不对应快乐的深浅**。为什么明明爱，可是居然如此的不快乐，太多人明知不快乐，依然努力深深地继续去爱，直到被迫中止，却又沉浸到失去的痛苦中去。

从某种意义来说，一切所谓不可调和之情感矛盾，往往都是自然属性与社会属性相冲突背离的结果。这种冲突背离，不仅体现在人与人之间，也体现在独立个体身上。女人是自然属性极强的生物，她们依赖喜悦，依赖生理规律，受自然影响，被赋予孕育繁衍的天分。而男人已进化成社会性属性极强的生物，受逻辑支配，更能适应规则，对社会造就出的政治与斗争极富敏感和才华。

我也时常因这种冲突背离，感受到伤害。而我唯一的应对之道，**只能让自己尽力安抚自身的那颗自然之心，又尽力去体谅对方的那颗社会之心**。我爱你，非常爱。我可以对你，比对我自己还要更体贴、更呵护。可是，我最好的梦想、最好的情分，都只能留给我自己。这是我对自己的爱，也是对你的爱。因为，我不愿伤我，我也不愿伤你。

而那些被少女心带来痛苦的人是因为总想爱到十分，却总只能做到五分。那十分的爱意，因幼稚、蛮横、幻想，变成五分爱、五分伤，最终伤人伤己。后来学乖了，恐怕才会懂，如何做到十分，却只爱五分。五分的爱，如半糖的奶茶，悦人悦己，不伤不腻。没有人能承受得住你那十分的爱意，除了你自己。或许，你自己，都很难承受那夹杂了全部期许与情意的十分爱，何况是男人。

将那颗少女心收回来，只留五分。这样你的少女心反而高贵起来，可爱起来，才能从中得到更多的欣赏与尊重。

你并不需要
太懂男人

女人在恋爱中时常受伤害、受挫折，往往将原因归结为：男人来自火星，女人来自金星。难道两性在情感上达到和谐美满，本身就是个伪命题？男性与女性，只能因误解而相爱，因了解而分开。

我却觉得不然，只能说男人女人本身赋予的身体构造以及成长环境不同，导致他们的思维侧重点不同。正如美国电影《像男人一样思考》最后揭示的，**爱情中的皆大欢喜，绝不会因为我们懂得如何克制甚至战胜对方，而是男人女人从来非敌对。**

我们并不需要战胜对方，我们需要的是经历该经历的一切，然后体谅对方珍视对方。**男人身体里也有女人的敏感，女人身体里也可以装得下男人的果敢。**而做女人最大的好处是：我们没有天敌，因为男人是女人孕育的。所以，女人本质上是更完整的，既能有男性的刚强、魄力，也能有男性很难具备的柔软与牺牲。

也许有人会认为，这不过是女人自我安慰之言。我不知道每个女人，当你对男人的种种陋习看不惯的时候，是否又意识到，或许首先是你自身就不够圆满，才把更多的寄托放到了男性身上。

如果一个国家的男人都深信女人拜金，女人都怀疑男人自私，那么这个国度本身就是变态的，畸形的。

并不是我们生在了最不好的时代，我觉得恰恰相反，因为女人的自尊自重，男人的能量变得没有那么只手遮天。可是更多的人，并没有感激时代，而是一味将罪怪到了男人和时代身上。

想想女人们如今拥有的自由，拥有的热情，拥有的机会，然而，有多少人是敞开着怀抱在迎接这些，而是故步自封地埋怨自己承担了太多、埋怨遇不到良人、埋怨爱情背弃了你呢?

我认为，这个国家的女性，在某方面的确成熟自立了，但在爱情心理上却不肯为获得的自由埋单。她们对男人的理解，就像对时代的理解一样狭隘。她们认为女人必须同时享受自由，又应该理所应当得到宠溺，这样才叫作幸福。她们认为男人既要能够承担住家庭责任，又应极力在精神上呵护女人，给予她们爱情的关照，才叫完美。

你从这个时代得到了什么，就意味着你必须要失去某些东西。比如说，你要承担更多的孤独。你要承担更多的质疑。比如你不得不面临更多的拼抢。比如你不得不晚婚，因为当你大学毕业步入社会的时候，你已然就不年轻了。比如你就是宁缺毋滥，因为你的精神世界那么丰富，岂可轻易自甘堕落。

所谓的畸形，莫过于，时代已变换了，我们的行为已经奔向它，思想却不如几十年前的女性。我在我的母亲身上看到的是：她对男性的更多体谅，对他出差的体谅，对他应酬的体谅，对彼此同甘共苦的体谅。

然而，在爱情上，许多年轻人，他们的思想是宏大的，行为却是懦弱的。这是这个时代，男男女女的通病。男人懦弱，女人懦弱。男人害怕倾情付出，女人害怕所托非人。没有谁比谁高尚许多，这是我们这个时代人的全体病症。

我看到这个国家的许多女人并不享受自己的时代角色，她们更多的是抱怨，甚至怀念女人只用自怨自艾爱情的年代，却忘记了，多少辈的女人求了多少年，也不曾拥有如今的光景。谁也没有错。错在你的心，离时代精神太远。

如果生在这个时代，你的自我过于残缺，那么，借由爱情或者婚姻来获得所谓生活的圆满，这本身就是痴人说梦。因为，这是贪心的，这是奢求。

每个人在社会生活中，已然都太容易被时代挤压成碎片。这个时代中最好的爱情，绝不是两个残缺的人因此而完整。而是，因为遇见你，让我知道：原来，我自己，就是完整的。

我时常收到很多姑娘关于情感困扰的来信，其中很多人的困扰都是因为父母或者对方父母不同意这段感情。不同意的原因当然不过是一句——条件不够好。**她们困扰，是到底坚持感情，还是和父母妥协。**

这世上有很多被棒打鸳鸯的情侣，如陆游和唐婉的故事。世人皆以为是陆母拆散了他们，却不知道，陆游娶了唐婉之后，缠绵于儿女之情，醉心于诗词歌赋，无心其他。而唐婉仗着陆游的宠爱，对陆母的劝告充耳不闻。唐婉人美才高，心气也高，既不肯委曲求全，也不能持家有道，更没有子嗣，这才令陆母逼陆游休妻。

这是一出爱情悲剧，却并不是婚姻悲剧。像陆游那样的名门望族，唐婉并不是一个合格的妻子，她既不懂人情冷暖，也无法顾得周全。而陆游自身一无名头，二无经营才干，脱开大家族，他难以衣食无忧。放在现实中，这也是常见的富二代爱情故事。

又看到另一个故事，单亲家庭长大的女孩，不顾母亲反对，爱上一个男人。可是这个憨厚男人却架不住这样的深情，也架不住终日的疑神疑鬼，两人关系越来越交恶，胎儿因妈妈孕期抽烟喝酒情绪失控而夭折。

可是，究竟是什么负能量，让一个女人竟然爱到连自己的亲生骨肉都不顾，怀胎十月，以爱的名义行着伤害之事？这错至生死到底是如何发生的？是因为她不该选择嫁给他，乖乖听妈妈的话，还是因为她的母亲从小给她灌输——男人不是什么好东西，让她对感情从来没有一丝安全感？抑或应该怪她那个贡献完精子就抛弃她们母女的父亲。

每一个人的性格都有不完美的一面，缺点总是会比优点更加顽强，如果你没有极大的勇气与恒心去改善它，它就会与你生死相随。

人世间如这样的女人很多，看似柔弱，内心刚烈。在猜疑、怀疑面前，这种刚烈就会变成一把刀，刺伤自己，也刺伤身边人。当然，那样极端的刚烈，是少见的。但每个人至成年起，不管你是否做好了准备，你已然在开始为自己的一生担当责任，尽管你自己或许还未曾发觉。只是，有一天，你才突然发现，你好似再怎么努力，都已经弥补不了。

你认为问题是出自父母吗？是因为父母不够了解你？是对方父母太过势利？那是少年的思维方式。所有的一切问题，无它，不过是因为你还没有准备好进入成年人的世界，不过是因为他还没有准备好做一个堂堂正正的男人，而你也没有准备好成为一个妻子和母亲。

同样的境遇发生在成熟男女身上，即使对方出轨，成熟女子也一定尽全力保护自己的孩子，不会发生那种可笑的“你这么对我，我就让你的儿子来承担你的错误”。那孩子身上何尝不是流淌着你的血液。

同样的境遇发生在成熟男人身上，他一定能承担得起压力，让女人对彼此的未来充满信心，而不是动摇逃避，让彼此更加敌视。

说白了，如今这些困扰年轻人的种种问题，无非是自己还不肯面对和承受太多，而父母看穿你的这种虚弱，强硬地插手进来干预你的人生。比如陆游和唐婉，诗才再高，却架不住生活自理能力太差。

承认这一点，并不难。只要你牢牢对着自己说：这是我的人生，我来做主，如果我做不到，那就先等我做到。而不是，本来自己就摇摇欲坠，还要硬生生地非要拉一个人入伙，让事情更加复杂。

真正的人为悲剧只有一种：你需要承受的命运，远远超出于你的能力之外。我现今最不愿看到的悲剧，就是把孩子，把另一个无辜的生命，也牵扯到这一场摇摇欲坠中来。

过了而立之年之后，我发自内心最大的感慨是：很多错，已经犯不起了。当我是年轻人的时候，我也瞧不起中年人的束手束脚。可真当自己走到这一步，却能深切体会，那束手束脚的真正原因是什么？不是因为害怕或者懦弱，而是因为你的爱更深沉了、更落地了，再经不起飘忽了。

飘忽后的那些伤害，不是只关乎你自己，是会如多米诺骨牌一样连环反应。**要爱就要爱得起。不管是肆意的爱，节制的爱，都需能力托底。**这能力，不仅仅是指钱财，还包括很多。

幸运的人，他们有很多机会，来帮助他们，尽快地适应这节奏，找寻到那爱之后所需的力量。可万一，你是那个不幸的人呢？

为着世界上那个你最疼爱的人、那个你不能失去的人，你没有理由空耗时间去抱怨人生。

悲剧总能提醒人。谁也不希望它发生在自己身上。

一个渴望成功的人，
最不能缺少的就是专注

人活于世，最容易走入的困惑是忘记自己的初心到底是什么？你到底是为什么而活，又到底希望活成什么样子？

当我成为百万畅销书作家以后，即便我的生活依然如此，我却不得不面对很多人对我善心的建议——你这么红，你可以写小说，拍电影啊，像谁谁那样；哇，你喜欢的东西你都可以买得起了吧，你可以环球旅游了，财富自由真好；你应该找人投资你啊，弄个咖啡馆或者会所……

曾经我一度迷失在这些建议里，我真的是否需要做些什么呢？这每一个建议看起来都是锦上添花的好事，但每一个建议都能让我焦虑无比。

庆幸的是，我怀孕生子了，没有那么多时间精力去实施这些雄心壮志。更幸运的是，在我有些迷茫的境遇里，我没有选择去做事，而是选择了去学习，去整理我前三十年所有的人生经验。

当我在学习中去把过往的细节一件件摊开来看的时候，我清晰地看到：这些建议，我一件都不想做。因为，这完全背离了我写字的初衷。

我为什么开始写字？是因为我用文字疗愈了自己。我为什么坚持写了十年，在很多人都放弃之后？因为我想用文字带领更多人走出心灵的困境。这就是当下我最想做的事情，也是此生我最想做的事情。

我开始越来越明晰一件事：**那些看似都正确无比的建议，不是我自己的想法，而是别人对我的设想而已，那是她们想做却做不了，所以期待我去完成的事**。我们的初心，往往就是这样被误导，被引导，渐渐面目全非。

我们时常混淆两个概念，“我想成为谁”和“我要证明我是谁”。一个瑜伽教练困惑地对我说：她非常爱主播这个职业，她也认为自己有一定天赋。当她无意进入专业学主播的圈子，她们都告诉她：你不学播音，真的是太浪费了。

可当她和家人去表达想重新高考，去考播音专业的时候，所有人觉得她疯了。想成为主播，可以有很多种方式。当一个业余主播，竟然得到播音专业人士的认可时，她竟然并不认可赞赏自己，她执着的却是：我和你们不一样，而原本，我也可以这样的。

她陷入的正是这样一种执念：我要证明我可以和谁谁一样。可其实：她已经是那样了，何须通过什么去证明？更何须丢弃热爱的瑜伽，去投奔某些求而不得的东西？

初心是什么？初心，是我喜欢写作，而她喜欢播音。可因为旁人的话，我们开始疑惑，我们是否需要去证明给谁看，或者我们应该去实现不普通的人生。

当你忘记初心的时候，你就会陷入到这种自我疑惑当中，拼命想做点什么，推翻自我，证明自我。而当你真的找到初心的时候，你才知道，你已经成为了什么，你无需证明，也无需抛弃了。

与其追求得不到的逝去，不如追求未来的纯粹专注。

人们总是这样，在初心前面加上无数的先决条件：等我怎样怎样的时候，我就可以做到了；等我通过某某考试，我就可以开始新的人生了；等我都准备好了，我就可以去摆脱现在了……

最后，耗费无数时间精力在这些先决条件上，忘记了自己到底要做哪些。结果转头一看，等你真正做到的时候，那些人可能早已不存在于你的生活中。

人们总是认为自己得到了一些，就应该努力去得到更多。所以，凡天赋被验证的人，往往并非多福。因为所有人都会想，他们理所应当更优秀，再更优秀一点。很多人太容易丢掉内心的本源，正是因为每个人都活在过多的比较之中，平凡与不平凡，普通与不普通。

我认为，任何把普通与平凡做到极致的好，那就是非凡。任何极致的普通，那种钝感，越是美得经久耐看。任何极致的浮华，都经不起考究。本是俗世，要做俗人易，可俗人也是最累的。真的俗人是钻研如何实现高大上的人。

有很多人跟我说：我就是普通人啊，就想过普通的生活。我看到的恰恰不是普通，而是她们努力地迎合低俗，却在这种迎合中身心俱疲，毫无斗志，萎靡过日。

学会用纯粹的心去体验那些平凡，在日复一日的普通日子里，淬炼出与众不同的魅力，你就已经让那颗初心大放异彩，成为钻石心。

成为一个不普通的普通人。过着不平凡的平凡生活。这真的是我能想到的，活在这个俗世的最美好的结局，也是勿忘初心活着的方式。

最浪漫的事

我并不认为浪漫一定首先是需要找一个浪漫的地方。

我以为最浪漫的事有三件，一是散步，二是长途开车，三是陪他钓鱼。

成年人平素彼此都有逃不开的事，俩人又极不喜欢去人多的地方，节假日倒是常常各做各的事，或者在家简单吃个饭后窝在沙发上看电影。别人秀恩爱秀夫妻游的时候，我们都不会放在心上。我想，这或许是我们之间很少波动起伏太大的原因，因为我们都不是会被外界刺激到而怒海翻腾的人。

别人的生活与我们没有太大关系。

我想，一起散步是唯一一件不挑场地并且可以持续到老的一种浪漫。而且，我坚持认为，能不能一起散步，可以检验能否成为终身伴侣。

很多人在热闹中相遇，在热闹中相拥，一旦静默的时候，无所适从，反倒成为怨偶。这世上一定有很多走在路上，原本欢喜却突然吵起架的伴侣。因为失去了电视、电影院、饮食以及人群，他们的情感失去了依附，一切对立瞬间清晰起来，才发现原来两个人的脑和心根本不在一个频道上。

很多人以为距离是最大的感情杀手，其实距离不是，安静才是。当他不说话的时候，你不用猜他的心思、你不会感受到那种排斥感、你不会心神不宁，那就一定是佳偶。女人的直觉对于气息的捕捉尤为敏锐，但凡她们感受不到他释放出全心地接纳，就一定会失去分寸。而这种捕捉，又在安静孤独的时候更加地肆意，她们控制不住那种心神浮动，就会乱起来。

我们散步总是很晚，但却还是会遇到一些一起散步的伴侣。有时候，会遇到一些夫妻，都已不年轻，穿着随意，步履一致，神态松弛，不咸不淡地偶尔聊几句，靠近他们的时候，感受到佳偶都会散发出的那种宁静心安的气场。当然，也会遇到一些正在拌嘴的年轻情侣，女的沉默或垂泪，男人在旁边闷闷不乐，有些激烈的还会当街对吼。

我想起，很多年前，我要求男友背我，他不愿意，我们一前一后地走着，都不说话。是因为不爱吗？当我回头看，不是因为不爱，而是因为无法为对方妥协，每个人都只想坚持自己的立场，并且都想看是谁先放弃掉自己的立场。谁先放弃，谁先输。可是最后谁也没赢，输掉的是感情。这是为什么过来人看到那些表面的甜蜜，知道实际上内里全是貌合神离、无法持久的原因。

当你们散步的时候，你们是否只想谈论自己感兴趣的，还是只想一味迎合对方的话题呢。这种不舒适一看便知。

很多人一定会问，那么，我们该说些什么呢？其实，你们并不需要说什么。放弃掉时刻要控制感情的心绪，放弃掉那些迎合，放弃掉那些打探，你们只需要舒适地牵手走走看看，各自想着各自脑子里的事，然后一边想一边搭个话而已。

一旦有控制的欲望，就会造成彼此的紧张。这种控制感根本无需体现在语言上，因为对方一定会感受到。很多人疑惑，为什么我并没有说什么，对方却暴跳如雷。这就是原因，刻意营造出的语气，很多时候，并不能成功掩盖掉内心的气息。如果你并不是一个擅长掩盖的人，那更是欲盖弥彰。

所以，我热爱散步，是因为在那个安静的时刻，抛离掉喧哗，那些会扰乱你辨别的人与事，反而能感受到一种浓浓的亲密感，感觉到我们确实身与心都走在一条路上。

而长途开车，就是一个更高级别的验证。一场长久的路途里，互相陪伴，在狭窄的空间里，面对未知的种种状况。看着夜色迷漫，远处闪烁的灯光。音乐是否够动听，路线规划得是否正确，物质是否准备得充分。其实很多人并没意识到这种疲惫的路途也是一种浪漫。

曾经有一次，我们一路遭遇堵车，走走停停整整20个小时没有好好睡眠。那种煎熬，和我们年轻时候遇到的人生境况太相似，你无力控制，你只有这一条路可以选择，你只能打起精神坚持。唯一不同的是，开车你知道终究会到达目的地，而人生的路，你不知道哪里才是你的终点。

有的伴侣在这个过程中抱怨、焦躁，有的则谈笑甚欢。而人生的路上呢？那些再也不想在一起上路的人，很快就选择了再也不见。

那么钓鱼呢？我想，那是因为一起等待着一种未知，再一起分享一种收获。当鱼漂抖动的那一刻，当结果揭晓的那一刻，当目光都盯向一处，当力量凝结在一件事上，就是一种幸福。

十年前，我以为的浪漫是，有人知晓你的一切喜好，良辰吉日，精心安排，给予你在平时得不到的荣耀与尊宠。之所以那么在乎那样的浪漫，是因为自己太不懂得讨好自己了，是因为想在这种讨好里证明自己的存在价值，所以才想从感情里不断重复得到这种美好的体验。

可是，你终有一天，不得不面对，这一切的发生，或许根本不是源自他理解你欣赏你，而是他想得到你。而他得到之后，发现这与他远观时的美丽不一样，又发现这种得到的维护成本太高，遂弃之。

这时，你才懂得，**感情供给你的不应该只是这种肤浅的自我证明，而是更深厚更持久更绵长的东西**。为了这种深厚持久绵长，你需要独自面对和解决许多，因为只有稳定的元素相遇，才不会那么快就变质。可奇妙的是，原本你不过是为了更深厚持久，却意外收获到一个全新的自己。

那个全新的自己，终于放弃掉强迫症和控制欲，终于懂得欣赏安静地煎熬和等待，也终于不再用眼泪作为武器。那样的强大却又雅致。

而只有这种强大却又雅致，才能支撑住真正的浪漫。

所谓的情趣，
是懂万物皆有情

为什么以前的人，花前月下可聊一个夏夜妙趣横飞，现在的人，如果坐在月下，除了喝酒烧烤，光聊天，简直觉得可以无聊到闷死呢？

为什么如果不看电影不吃饭不旅行不花钱，现在的恋爱简直都不知道该怎样谈下去了呢？

因为，太多人眼里看见的一花一树一草一木，月亮星空云朵，不是有情有义的。我们对着他们，没有故事可以说，没有雅致的诗歌可以念。

有情怀有思念，也只会掏出手机，感慨感慨，然后等着点赞和评论。当然，更多的时候，我们对着花朵拍照的热情，远远不如对着一桌美食拍照的热情。

只有离开城市，我们似乎才能找到与自然与土地的连接。钢筋水泥森林里活着的我们，踩不到泥土，闻不到芬芳，听不到鸟叫。

有时候，我望着我儿子，会想起我小的时候，下完大雨的傍晚，放了学，穿着笨重的雨鞋，去积水的小水潭踩水，追着蜻蜓随处奔跑；学校的某个花坛里，种着指甲花，女孩们都会摘了染指甲，比着谁的更漂亮；男孩们则忙着抓天牛抓蟋蟀，虽然他们淘气的时候，也会放在我们的铅笔盒里吓唬人……

我会想，等我儿子再大一点，他恐怕是不会玩这些了。他有电动车，有滑板鞋，有遥控飞机，有手机，有iPad，以后一定还有更高级的玩具。对自然万物，恐怕只有周末，我开车带着到郊外，他才能感觉得到。

这是城市发展之后，人们感官的极大缺失。朝夕相对的是没有生命的物，是科技的、钢铁的，是即使再智能也不会让你体验到什么叫生命力的东西。

在亦舒小说《朝花夕拾》里，未来的人们连巧克力都不吃了。当穿越回来的女主角看到他藏在车后厢的巧克力，泪如雨下的时候，我体会到什么叫心酸和心痛。

我爱这现代生活的便利，但是身为女人，骨子里，多么希望有一个人用那样古老的方式爱你。

活在未来世界2035年的陆宜，心中永远刻着1985年的男子方中信，她爱他什么呢？爱他那样古老的一颗心，那样一颗万物皆有情的心。

在未来那个据说可可树绝种，人类再也吃不到巧克力的年代。她尝到了一箱来自1985年的巧克力。箱子上印着玫瑰花。

很多年前，当我20岁的时候，我在博客上写过一个花系列，写玫瑰、百合、熏衣草、满天星、茉莉……那个时候，我的梦想是开一个花店，每天和花在一起。

几年后，我知道，开花店是多么辛苦又难以营生的一个活计，我放弃了。

我成了这个城市里千千万万忙碌得顾不上看周遭花开花落的年轻人。我厌烦这个城市的无情，冷漠，时刻想着离开。直到有一天我看到满满一树的紫薇花，灿烂得令人心花怒放。我开始对这个城市有了一些不一样的感觉。

今天，我再看到草木，感受到的不仅仅是那一花一草一木的性情与格调，而是更多关于我的年少与青春，那种与现在完全不同的快乐。

什么是万物皆有情？前几日，家中一棵树，叶子全部因虫枯死。我拿剪刀将枝叶全部剪光，唯留下树干。没想到几日后，它不仅长了新叶，而且开花了。养这棵树已有三年，路边也遇到过无数这种四季常青的树，从来不知它竟然会开花。

“任何植物都是有性格的，而我们永远不能完全了解它们。”我想，**爱植物的人，皆有一颗宽厚仁善的心**。等着它们发芽长枝开花。在这样快速的现代人生里，只有植物能赠予我们一颗慢下来的心思。

我想，这就是情趣，是有时间有阅历有智慧去体会万物有情。

那些关于
男神的励志故事

读书时代，羞涩的姑娘们，心里总是会有一个男神。干净帅气，能文能武，文能写一手好字，武能叱咤一方球场。每日里只要能看到那么一个销魂的背影，都感觉这一天没有白过。

和心中的男神，无非只有两种结局，一种是在一起，一种是没有在一起。今天想说说，关于这两种结局的几个励志故事。

姑娘意外在公交车上遇到了男神，没想到男神主动和她搭讪，两人顺利地互换了号码，后来居然顺顺当当在一起了。毕业后，两个人去了同一个城市，开始了同居生活。姑娘原本胸无大志，可还是架不住有颗努力的心，时间不久，居然顺利加薪升职。那天她很高兴地和男神分享这件开心的事，没想到男神勃然大怒：你这是在指责我赚得不如你多吗？你没看到我最近心情不好吗？你怎么能在我心情低落的时候，还在我的伤口上撒盐？

习惯了在校园里当风云人物的男神，远不如习惯了默默无闻的姑娘，更能承受社会的各种打击。男神早已不是校园王子，姑娘却成了隔壁公司单身男士们心中的女神。不过几年光阴，玻璃心已把男神的自信摧毁大半，野草一般的姑娘却迎风猛长。

时间果然是最好的验金石。但姑娘说，她不会和他分手。也许对她来说，她对他还是心有感激和不忍，在她还是丑小鸭的时刻，是他发现了她，给了她爱情和信心。

有一种男神，是假若人生只如初见。

另一个故事，是关于没有在一起的。男神急流勇退回三线小城，继续做他的小城王子去了。几年后，从一线城市回去探亲的姑娘，在同学聚会上见到了他。他在那样的一群人中，依然是风姿俊朗的，既没有发福，也没有秃顶。只是，他和她说话的时候，居然有了那么一些怯意。“哦，你回来了。越来越漂亮了。”这句寒暄里，透着几分怯生生。他还是当年的那个他，只是她不是当年的那个她了。安稳当然没有什么不好，只是在磨炼和勇气中滋养出来的姑娘，自有一丝不同的锋芒，是小城里见不到的那种光彩。

姑娘想起当年，她和他说话时的那种怯意。心里有一种东西，就这样静悄悄地放下了。她知道，如果她愿意，她可以让当年没有发生的事情，在此刻发生。可她也知道，这种发生，不过是执念，已无其他意义。在那一刻，她知道他的出现，赤裸裸地验证了她的成长。

有一种男神，是女人成长的验金石。

最后一个故事，是男神和女神的故事。即使毕业多年后，他们俩的故事，仍然是同学聚会时被人津津乐道的话题。如今，男神未婚，俨然已经是一枚货真价实的钻石王老五。一群人晚餐宵夜叙旧结束后，终于只剩他们两个人。他送她回家。当年他狠心去了大洋彼岸，没有一丝留念。她也曾整日盼着那个头像在MSN里面升起。如今，竟然连一丝暧昧都没有了。难不成，我们也要来一段俗气的旧情人约炮故事吗？对于两个都比过去更骄傲的人来说，怎会稀罕这样的桥段。“我们这样的人，想找个人滚床单还不容易吗？”

那什么是更难的事？**更难的事是，看到喜欢过的人，活得比当初更好，而你竟然比他过得还要好。**

有一种男神，是属于岁月静好的。

现实生活不是《何以笙箫默》，没有谁一直在那里等你，没有谁能一直在那里等你，因为时光不会等任何人。就让有些人永远停在记忆深处。就让有些人就此别过后，无需再见。而你，只需要让他知道，你活得足够好，就已足够。

对我来说，有一种生活是，老男神躺在左侧，小男神躺在右侧，两个人酣睡，我夹在中间，幸福得睡不着。

直觉，

让我们成为与众不同的人

人生中的许多事，一开始往往只是直觉，你知道你会喜欢谁，你知道你会讨厌谁，就像婴儿一样。

当我们长大，开始会有无数人教导你：你应该摆脱直觉，用正确的方式活着，去获得正确使用自己的方法。这样，你才能负责任、有力量。慢慢地，你的直觉变钝了，你开始装睡，你开始自欺欺人，你开始以为选择都是理性的支配、符合规则、满足期望。恰恰是这种“正确”使用自己的方法，让我们越来越僵硬、疲惫、萎缩、迟钝。

但在理性之内、规则之内、期望之内呢？谁都仍然难以摆脱婴儿的潜意识在你的大脑身体内。只是，很多人不知道而已。这就是为什么越是带着理性面具的人，越是会想在感情里放纵自己，甚至可能会去尝试某些禁忌的感情，挑战规则，挑战人性。

人们总是以为用理性换得那些名和利，然后才可以获得纵容自己的权利，可以得到别人不曾得到和拥有的更完美世界。然后就可以改变周遭，改变世界，改变一切想改变的人和事。

人们总是以为牺牲自己的柔软和感性，就可以去交换那些爱、名、利、荣耀、骄傲。然后，付出之后，没有得到期望的那些，就深深地失落、悲伤，谴责、责骂自己的愚蠢。憎恶命运把他们带到了这样的游戏场。

可真正到了那一天，你得到，你拥有的时候，真正能令你开心的事情还有多少呢？用柔软感性，去换坚不可摧。再用得到的，去换放纵肆意。搭建起一切，再走向毁灭。

渴望成功，是上天给人类安排的一个木马程序。然后，渴望被爱，这简直就是另一个木马程序。当这两种情绪交织到一起，系统就崩溃了。

还好，我们还有生命的直觉。只有直觉能带你走出这种崩溃，让你发现自己其实可以不用那么坚硬，你还可以用柔软，只要你放下害怕和恐惧。**只有直觉让你发现，除了等待别人来爱你，你还可以爱自己，你还可以爱他人，你还可以关心素不相识的陌生人。**

理性统治的世界，太冷酷。感性统治的世界，太混乱。只能用人性的直觉融合理性与感性，才能妥善安排好那颗心。

什么是直觉？

直觉是你的初心，是从你的生命源头那刻起，你就自带的天分和喜好。

直觉是你对自我的爱。在孤独的时候，可以去拥抱自己。在饿的时候，可以喂饱自己。

直觉是你对生命的敬畏。你害怕自己生老病死，你也害怕面对他人的生老病死。你希望自己活着，也希望自己爱的人活着。

可是，你有多久没有拥抱过你的直觉了呢？

当我们有金钱条件以后，当然可以选择很多种方式爱着自己、愉悦自己，买昂贵的珠宝，乘坐五星级游轮，吃炫目的米其林餐厅，甚至其他更极致的体验你都可以得到。

可以为自己做的事，似乎多到数不清，却很少做一件事——不曾仔细回看一下自我生命的成长。

你还记得，在你幼儿的时候，你被掌控、被要求、被左右，你小小的身体，是多么渴望长大。当你如愿长大，你又后悔了，你又想回去了。现在的你，还在后悔这种长大吗？

你还记得，你生病的时候，你的父母亲人是怎样不休不眠地照顾着你吗？他们又是怎样地用最大的努力确保你能长大成人。

你还记得，你第一次交到的那个朋友吗？那个让你愿意分享秘密的朋友，也是那个让你知道友情也会伤人的朋友。现在的你，还愿意相信友情吗？

你还记得，你曾经最爱吃的食物吗？那个让你感受到食物魅力，让你至今想起仍然涌起幸福感的食物。

你还记得，那个愿意无条件对你好，你却对他不屑一顾的人吗？你还记得，那个让你心动、让你害羞的人吗？

这世界因你而不同

冥想文

一棵小草的破土而出多么伟大，

一朵花的盛放多么令人欢欣。

一个小小婴儿的成长，

仅仅是这样不畏风水雨雪地成长，

就已经值得我们自己泪流满面了。

可你总是因为成长得还不够好、还不够完美，

惩罚自己、讨厌自己、逃离自己。

所以。去回头看看吧。

你是如何因一颗小小精子卵子的结合

而降临于世

你抵挡住了多少的天灾人祸，

仍然平安地活在人世。

珍惜所有一切能疗愈你的云彩、

鲜花、河流、树木、书本、文字、声音、颜色，

飞鸟鱼虫、猫猫狗狗。

珍惜那些愿意充当你生命中不同角色的人们，

不管是喜欢的，

还是讨厌的。

因为他们，你才能得以如此深刻地存在着，

你才知道，这世界因你而多么的不同。

你这么好看，
说什么都对

以前我在深圳有一个真爱粉丝团，我的闺蜜们说：十二，你不仅改变了她们的内在，怎么连颜值都提升了呢？

这其实是我自己一直坚持的一件事，人的内在和外在是一个统一的整体，完全抛弃外在去谈独立、自信、审美、品味，除非你在经济上、思想上已经强大到让别人完全无需care外在。

但就我自己来说，没有别的理由，我就是享受追求美的那个过程啊。

美在我心中，绝不是一个很肤浅的概念。

美是一种人生态度。

美是人生最具疗愈的一件事。

你吃到一顿美食，喝下一杯好茶，见到一片好看的云，穿上一件美的衣服。在那一刻，你会无比留念生命，无比感恩世界。

那几秒钟你体内分泌的快乐激素，就可以让你短暂忘却其他的不快乐。

如果你长久和这种美的感受在一起，你就会成为一个更快乐的人。

很多人说，我也想过上这样的人生。可为什么我做不到，甚至从内心里拒绝。

因为，你心里驻扎着非常根深蒂固的几个观念。这几个黑洞，可以轻易地让你远离美，吸引到丑的那一方去。

我的朋友董小姐，是一名资深的专业形象设计师。

她常常会在课堂上讲这么一个故事：她去拜访一位客户，在熙攘的大街上，客户远远地就和一个朋友打招呼。她好奇地问：你是怎么在人群中一眼望到这个人的。客户说：她不修边幅的样子，一眼就能识别。

董小姐说：美很高调，但丑一定比美更高调。

很多人为了低调，努力地去和环境匹配，却不知道，当你不修边幅时，你才是最高调的那一个。

如果办公室很多人素面朝天，你就要和她们保持一致。你其实是忘记了，你到底是为了谁活。

人群中，一定只有那个不惧流言、坚持自我的人，最终才能越活越好。

我曾经认识一个姑娘，她只在打折的时期才买衣服，三五年下来，柜子被塞得满满的。

可是到了重要场合，她永远没有衣服穿。一到换季，她就开始期盼打折，所以她永远穿不上当季的衣服。

她不是没花钱，她只是被“我不够有钱”这个观念阻碍了自己。

总会有人跟我说：我现在赚得少，等我有钱了再美吧。不可否认，很多美好的物品，都很贵，需要一定的财力支撑。如果你终究还是要花钱买买买的，为什么不在那个价格范围内，尽量让自己更美呢？

花同样的钱，我的两个助理喜羊羊和美羊羊在淘宝上会买到完全不一样的东西。喜羊羊会常常跟美羊羊惊叹：为什么这件衣服这么便宜。

因为她知道什么材质的衣服更显贵，她知道怎样的搭配，会让这件衣服更出彩。

人生任何一样事，都是需要学习，才有可能提升的。没有什么与生俱来的才华，只有不放弃的自己。

当你并没有活在一个优质的生活圈子里时，你的追求是需要勇气的，可是，只有这一份坚持能让你走出那个圈子。

当你并不能出入有车，穿高跟鞋是累的，可是，你可以穿着一双好看的球鞋，再背着那双BLING的高跟鞋出门。

现实中，我也会遇到一见就感慨万分的美人，真正女神级别的美人。见了之后，心中即默念：人到了一定年龄之后，真的应该为自己的颜值负责。

这个美不是微整形整出来的锥子脸高鼻梁，更不是PS能P出来的美瞳眼白皮肤。

那种美，一看就是经年累月的好习惯维持出来的。她呆在那种美里是一种很舒服的状态，不是刻意的、造作的。

明星们的养生秘诀，听起来都很简单，多喝水，少熬夜，不吃刺激性的食物。可是又有多少人能够坚持下去呢？

精致就是，一点一滴地查漏补缺，日渐完美。

我一个朋友跟我说，画了三年的眉毛，才画出了她自己真正想要的眉型。

另一个朋友励志改善皮肤，她真的一年不吃辣椒、不吃宵夜、早睡早起，改变了她的痘痘肌。

我每年都会给自己的外在提一个小目标，去年是减肥20斤，我做到了。

明年，我希望是改善形体，让身形更紧致，好好运动，做瑜伽。

女人不就是这样开始慢慢走向人生巅峰吗？

变美真的没有诀窍。就是学会每一天，为自己的颜值负责。美是对自己有要求。

人一旦对美没有了要求，只会越来越丑。而人一旦习惯了要求，一定会越来越美。这种习惯不仅会影响你自己，还会影响家庭以及你的下一代。爱美的妈妈，多半会养出更有教养、更有审美力的孩子。

“化了妆，那就不是我了。”——这是我常常听到的一句话。

穿了裙子就不是我了，这样就不是我了……你只是习惯了自己那个样子，但绝不代表那个样子最美。

我跟闺蜜每每看到过去的照片，都忍不住感叹——当年的自信是从哪里来的，怎么还觉得自己那时挺好看的呢。

当你觉得过去的自己不够好，正是因为现在的你更好了。但假如你不去突破，你永远不知道自己还能更好!

一切都有解决的办法。只看你，愿不愿意突破现有的格局。**当你能为你的颜值负责，你肯定就能不断突破自己、坚持自我，为你的感情负责，为你的生活负责。这就是为什么爱美的女人，更容易成功。**

你也自然拥有了让一个男人舍不得离开你的美丽能量。相信我，你永远比你想象中的更美。

每当这个时候，朋友们就会跟我说：你这么好看，说什么都对。

这不是套路，这是真心的。

图书在版编目（CIP）数据

贪心的女人更好命 / 十二著. -- 南京 : 江苏凤凰文艺出版社，2017

ISBN 978-7-5399-9355-3

Ⅰ. ①贪… Ⅱ. ①十… Ⅲ. ①散文集－中国－当代 Ⅳ. ①I267

中国版本图书馆CIP数据核字(2016)第128311号

书　　名　贪心的女人更好命
作　　者　十　二
出版统筹　黄小初　周亚林
出 品 人　崔　佳
责任编辑　姚　丽
选题策划　李　格
责任监制　刘　巍　江伟明
出版发行　凤凰出版传媒股份有限公司
　　　　　江苏凤凰文艺出版社
出版社地址　南京市中央路165号，邮编：210009
出版社网址　http://www.jswenyi.com
经　　销　凤凰出版传媒股份有限公司
印　　刷　北京建泰印刷有限公司
开　　本　880×1230毫米 1/32
字　　数　120千字
印　　张　8
版　　次　2017年1月第1版　2017年1月第1次印刷
标准书号　ISBN 978-7-5399-9355-3
定　　价　39.80元